ALFAGUARA

Grup Promotor

COORDINACIÓ EDITORIAL: Margarida Planes i Ferrer

ASSESSORAMENT LITERARI: Pere Martí i Bertran

PAPER RECICLAT 100%

El pes de la por

Jordi de Manuel i Sílvia Vega

ALFAGUARA
Grup Promotor

Torrelaguna, 60. 28043 Madrid
Telèfon 91 744 90 60

Frederic Mompou, 11 (Vila Olímpica)
08005 Barcelona
Telèfon 93 221 17 90

ISBN: 84-7911-763-X
Dipòsit legal: M-31.897-1998

Primera edició: setembre 1998

Disseny de la col·lecció:
José Crespo, Aurora Ramos, Jesús Sanz

Imprès sobre paper reciclat
de Paperera Echezarreta, S.A.

Printed in Spain

El pes
de la por

Al Marc, al Sergi, a l'Airy,
a l'Ainoa, a la Nerea i
a tots els nens i nenes de la
seva generació.

Al Roman, a qui segur que
li hagués agradat llegir-ho.
Jordi de Manuel

A la persona que més
creu en mi.
Sílvia Vega

Aquest relat que llegiràs és fictici i els seus protagonistes són inventats, fins i tot, ni jo, l'Aitor, existeixo. Està inspirat, però, en fets reals que es van esdevenir al nostre país al principi dels 90.

Qualsevol dia tu podries viure una història com aquesta.

Aitor

Són les vuit del vespre i ens envolta la foscor més absoluta.

La Marina i jo estem asseguts a les escales de l'entrada del poliesportiu desitjant que aviat arribin els altres, i que aquestes ombres fantasmagòriques dels pollancres deixin de ser la nostra única companyia.

Em penso que hem perdut. Tots dos pensem el mateix, però no ens diem res. No parem d'obrir solcs en l'aire amb el baf del nostre alè. Sentim que la fredor de la nit se'ns arrapa al cos, però no és això el que ens fa encongir el cor, sinó el fet de saber el que creiem que passarà d'aquí a una estona.

Pensar que fa només uns mesos les meves preocupacions eren tan diferents: la Marina, la nostra lliga d'handbol, aprovar aquest curs...

Així, a les fosques, em miro la Marina, i la veig en la penombra, envoltada de misteri. Està preciosa. El seu perfil mai no m'havia semblat tan serè. Porta els cabells recollits amb una cua que s'esmuny entre les solapes apujades de la gavardina. No he pogut aguantar l'impuls d'acariciar-los amb la punta dels dits.

Sembla increïble les coses que han passat en tan poc temps i els canvis que he fet en la meva manera de veure les coses.

Com hem canviat tots plegats!

Capítol I

Jo, la Marina i els altres

Hola!, sóc l'Aitor, un noi de disset anys a qui li ha tocat d'explicar-te aquesta història. És per aquesta raó, que he col·locat el «jo» al davant, malgrat que el profe de llengua mai no ens ho deixa fer.

No ha estat la providència qui ha fet que l'escollit fos jo, perquè la meva mare té una explicació molt lògica per a aquestes coses. Ella diu, molt sàviament, que a les bones persones sempre els en passen de tots els colors. I jo no puc negar que sóc una bona persona... Qui s'atreveix a contradir una mare?

El cas és que aquesta història en què m'he vist embolicat m'ha fet canviar una mica, i també he hagut de plantejarme coses que mai no m'havien passat pel cap.

El meu poble –perquè jo visc en un poble petit situat als voltants d'una gran ciutat– té una existència molt tranquil·la, gairebé mai no hi passa res. Tots ens coneixem, sabem on vivim i de quina família som. És fàcil trobar-te pel carrer amb una d'aquestes iaies molt velletes i encongides que no poden veure-hi més enllà del seu nas, però que poden dir-te, només mirant-te la cara, de qui ets fill i quin és el teu arbre genealògic. Això sempre m'ha resultat molt curiós, em refereixo al fet que una iaia que no pot distingir entre una moneda de cinc duros i una de vint pugui reconèixer tota la teva família en el teu rostre.

14

Per on anava?, ah, ja ho sé! Tot va començar un migdia quan era a la granja del poble. És una granja petitona on quedem sempre els meus amics i jo per anar després tots plegats cap a l'institut. És un lloc proper a l'estació de tren, per això el vam triar. Sí, perquè aquesta és una altra: hem d'agafar el tren per anar a l'institut. Quina raó té la meva mare! Com n'és de dura la vida de les bones persones...

Doncs bé, la Marina –la meva xicota– i jo sempre quedem mitja horeta abans que els altres, per estar una estona sols davant d'un cacaolat. No és gaire romàntic, però no es pot demanar res més quan després de dinar anem amb un coet al cul cap a les classes.

De la Marina i dels meus amics ja te'n faré cinc cèntims més endavant. Ara serà millor que llegeixis tu mateix com va anar succeint tot.

–Quina hora és Marina ?

–Ja fem tard Aitor, són les dues i deu, i si no ens aixequem d'aquí ara mateix arribarem tard a classe.

–Tens raó, però m'estranya que aquells tres no m'hagin trucat per dir-me que no venien.

Per la porta de la granja, l'Aleix, l'Adrià i el Marc van fer la seva entrada triomfant. Arribaven tots junts, per tant, estava segur que tenien la mateixa excusa, el motiu que els havia fet arribar tard.

–Quina cara que teniu! –vaig dir-los només veure'ls treure el cap–, com a mínim em podíeu haver avisat.

L'Adrià va fer veure que no em sentia i va demanar un cafè amb llet a la barra.

–Que sigui ben calent –va dir–, tinc una grip de cavall.

–No t'enfadis Aitor –va dir-me el Marc–, hem estat una estona a casa amb l'últim dels Pets i el temps ens ha passat volant. Què hi ha, Marina? –va dir en adonar-se que la Marina era a la taula.

–Hola i adéu nois! –va dir la Marina tot aixecant-se d'una revolada–, és molt tard i jo marxo. A més a més, ara que els quatre genets de l'Apocalipsi estan junts és el moment idoni per desaparèixer. Ja ens veurem a l'insti!

La Marina es va acomiadar de tothom aixecant la mà, però a mi em va fer un petó a la galta. En l'intimitat sempre ens fem petons a la boca, però davant els nostres amics ens fa una mica de tall.

Quan la Marina va obrir la porta de la granja per sortir, una ràfega d'aire es va escolar i ens va fer arribar fins a la taula una flaire aromàtica, l'olor de la seva colònia. Va ser tot molt ràpid, però per uns segons em vaig quedar penjat amb aquella olor i amb aquell caminar seu tan...

Realment, la Marina cada vegada m'agrada més!

En tornar a la realitat vaig veure aquells tres galtes mirant-se amb un aire de complicitat i deixant anar una rialla mentre em deien:

–N'estàs ben penjat, xaval!

–Ara no desvieu el tema –vaig dir molt seriós–. És que no heu trobat un altre moment per escoltar els Pets?

–Mira, ens ha donat el punt avui –va contestar l'Adrià quedant-se tan ample.

–Ja em pensava que havíeu passat de mi.

–No –va dir aquesta vegada l'Aleix–, només us volíem donar una mica més d'intimitat –i dit això, tots van esclatar a riure.

–No fa gràcia –vaig dir jo.

–No entenc aquest patiment teu per arribar tard

–va començar a dir l'Adrià tot fent un esternut espectacular–. Per molt tard que arribis, l'institut continua allà on és amb els profes i tot…

–És clar que avui em voleu fer la punyeta, però no ho aconseguireu.

L'Adrià va continuar com si res. És bon noi però una mica burleta, no sap mai quan aturar-se.

–I espera't, que quan acabin les classes li agafaran les presses per anar a l'entrenament…

–Què passa tio? –vaig saltar jo una mica xulo– a mi m'agrada ser puntual.

–Mira Aitor –va dir-me l'Adrià amb un desagradable to paternal–, això d'arribar d'hora a classe està molt bé, entre d'altres coses perquè si arribes tard acumules retards, però que et prenguis tantes molèsties pels entrenaments quan el Roman passa així de nosaltres…

Que en sóc, de ruc! No t'he explicat que aquests i jo juguem en un equip d'handbol, i anem a entrenar al poliesportiu del poble. El Roman és el nostre entrenador des de fa uns anys. De mica en mica, entre tots hem aconseguit que un equip modest, d'un poble petit com el nostre, sigui un equip temut pels més bons. El Granollers i el Barça ja han perdut algunes vegades a casa i quan anem al seu camp els fem patir que Déu n'hi do!

L'any passat, al Marc el volia fitxar un equip dels bons –no ho he explicat, però el Marc és una figura!–, però ell no va voler deixar-nos, tot i que el Roman li va dir que era una oportunitat que no podia deixar passar. El fet és que el Marc es va estimar més quedar-se amb nosaltres, seguir aprenent i divertir-se amb els companys i amb l'entrenador de sempre.

La veritat és que ens ho passem força bé als entrenaments, i això que el Roman és molt dur i mai no pots fer el gandul sense que se n'adoni i et foti la bronca.

El nostre equip és allò que sol dir-se dels equips que funcionen: una pinya. De vegades no ho fem prou bé, però això no ens desanima gens, ens dóna encara més forces per entrenar millor. No sé com s'ho ha fet el Roman, però en això ens ha menjat el coco a tots.

L'Adrià està un xic molest perquè últimament el Roman ens ha fet el salt i no ha vingut a dirigir els entrenaments. D'ençà que el coneixem mai no ens havia fallat, però des de fa un parell de setmanes quan no és un all és una ceba.

–Vinga, ja podem marxar –va dir l'Adrià mentre s'empassava l'últim glop del cafè amb llet.

–No em pensava que t'hauria de veure bevent lleteta –va dir-li el Marc tot fent una mica de conya.

–Tu també ho faries si haguessis enxampat una grip com la que tinc.

El trajecte fins a l'estació el vam fer d'una correguda. Per sort el tren sortia amb retard i vam arribar just a temps.

Des del seient mirava a través del vidre aquell paisatge que em passava com una pel·lícula accelerada, i escoltava la veu dels nois com una remor de fons.

Hi ha gent que s'adorm amb el sacseig del tren i n'hi ha d'altra que entra en una mena d'estat de meditació. Jo sempre penso en les meves coses, però sense tenir aquella mirada d'estar tocat de l'ala que tenen alguns passatgers. Penso en la Marina i en aquests cinc mesos que fa que sortim junts. Segurament som la parella més antiga de la classe, encara que el Marc porta vuit mesos amb la Cristina, però ella no va al nostre institut.

Alguns nois de l'equip diuen que no és bo sortir de debò amb una noia perquè això et deixa una mica embadocat, però jo penso que no és pas veritat. Jo cada dia descobreixo coses noves amb la Marina i en comptes d'embadocar-me em fa estar més despert per tal de no perdre'm res.

En acabar les classes la Marina i jo ens ho passem bé senzillament passejant junts i parlant del que farem el cap de setmana, del que volem saber l'un de l'altre i, sobretot, ens agrada parlar d'allò que passa en aquelles estones que compartim en la intimitat.

La Marina i jo no tenim les mateixes aficions, bé, només la música i les ciències naturals, però ens respectem els gustos. Ella no ve mai als entrenaments perquè s'avorreix. Diu que quan ens ajuntem tots els de l'equip, només parlem dels partits i dels equips contraris. Els diumenges, però, després del partit m'espera i anem al cinema o a casa seva per escoltar música i estar junts.

Aquesta és la nostra parada!

Amb raó he deixat d'escoltar la xerrameca dels nois. Aquests, en comptes d'entrar en un estat catatònic, s'aïllen del món col·locant-se els auriculars a tot volum.

No sé què farien sense mi!

Ara, per anar bé, t'hauries d'imaginar els vestidors del poliesportiu, és des d'aquí des d'on et seguiré explicant coses…

Avui les classes han estat d'allò més pesades, sort que ara, a l'entrenament, començarem a donar canya *al cos i ens oblidarem de tot. Si alguna cosa tenen de bo els entrenaments és que només penses en el que tens al davant.*

Carai, quina pudor!, podria identificar-la encara que estigués a un quilòmetre! De segur que l'Adrià s'acaba de treure les vambes. No dic que a mi no em facin pudor els peus de tant en tant, però és que a ell això li passa sempre i com que només es dutxa aquí...

–Mireu nanos! els mitjons se m'aguanten drets.

–Que n'ets de porc! –va dir-li el Marc–, no m'estranya que lliguis menys que un de viu en un cementiri.

–Ja us podeu tornar a vestir –va dir l'Aleix, que en aquell moment entrava al vestidor–, m'acaben de dir que el Roman ha trucat dient que avui tampoc vindrà.

–Quin rotllo! –va queixar-se l'Adrià–, si ho arribo a saber no...

Va adobar la frase amb un esternut bestial acompanyat d'una bona mocada.

–Més ens valdria a tots que t'haguessis quedat a casa, xaval! –va dir-li l'Aleix fent un gest de protecció amb les mans–. Per culpa teva encara l'enxamparem tots, aquesta grip.

–Sí, home! –es va exclamar l'Adrià.

–Què t'hi vols jugar? –vaig dir-li jo.

–Vinga tios que els mocs no s'encomanen...

–Els mocs no, però la grip sí –se'm va avançar a respondre el Marc–. La teva grip la provoca un virus que ens pots contagiar fàcilment.

–No veig de quina manera!

–A través de les gotetes minúscules que es desprenen dels teus repugnants esternuts, i...

–Està bé, està bé! Em dono per vençut –va interrompre'l l'Adrià–. Us pagaré unes coca-coles però no em feu una dissertació sobre la transmissió del virus de la grip.

–Dels virus, maco! –va afegir l'Aleix–, existeixen diferents tipus de virus i per tant, diferents tipus de grips. Això és el que va dir el Jordi l'altre dia a classe.

–Vaja quin un, el de biologia! Tots els de ciències estan torrats o fan la mateixa cara de torrat que feia l'Einstein.

–Però en saben molt de virus...

–Prou! –va cridar l'Adrià– em fareu venir febre!

Vam acordar quedar-nos igualment a l'entrenament i almenys aprofitar l'estona. En sortir del vestidor, a la pista, vam començar a escalfar, encara que era una mica estrany fer-ho sense tenir la mirada del Roman al damunt.

Vam decidir fer un partidet i vam canviar les rialles per la pilota, i les bromes per les bones jugades. Durant el partit l'Aleix va topar amb el Rafa en un contraatac, va ser una patacada impressionant, i per sort ningú no es va fer mal de debò. Aquí es va acabar el partit... si algú es lesionava per fer ximpleries el Roman mai no ens ho perdonaria.

S'havia de trobar realment malament per faltar tants dies...

De sobte se'm va ocórrer que el podia passar a veure pel seu bar. Malgrat que el poble és petit el seu negoci ens quedava una mica allunyat i no hi anàvem mai, però anar-lo a veure era una bona pensada. Al cap i a la fi, el Roman, a més de ser el nostre entrenador, és també un tio legal, només que una mica més gran. «Això és el que faré –vaig dir-me–, el dissabte l'aniré a veure.»

Bé, no sé si t'has fet una mica la idea de com és la vida que porto. El que no m'agradaria és que pensessis que entre els meus amics i jo sempre hi ha discussions. Som bona gent.

L'Adrià, potser, és el més rebel i impulsiu, però també té la seva part positiva, diu el que pensa en el moment que ho pensa i no és gens hipòcrita. El Marc és més misteriós. Ens compenetrem molt bé i tenim una relació més estreta, però de vegades és molt reservat i no li agraden gaire les bromes que fem, sobretot les que tenen a veure amb noies o són una mica pujadetes de to, ja m'entens... I l'Aleix és un tio molt trempat que va al seu rotllo. No l'he vist mai tocar un llibre ni angoixar-se per un examen, però estic segur que fa la feina a casa. Sempre diu que ell no ha fet els deures o que passa de llegir tal o tal llibre. Però, l'Aleix és dels millors de la classe i llevat que hagi fet un pacte amb el diable i aquest li faci els treballs... És un amic amb el qual s'hi pot comptar.

No sé si m'embolico molt o no serveixo per això de narrador, en qualsevol cas, si t'agrada la cosa i vols saber-ne més, hauràs de seguir llegint i si, per contra, ja n'has tingut prou, ja t'ho faràs, perquè qui t'hagi recomanat aquesta lectura et preguntarà un dia o un altre què t'ha semblat.

Capítol II

El Roman, la Carme i la Laura

Dissabte al matí.

M'agraden els dissabtes al matí. Els pares marxen a comprar molt d'hora i em quedo sol a casa fent mandres al llit, fins que la llum del dia i la meva consciència m'ho permeten.

Quan surto del llit, el primer que faig es mirar-me al mirall. Em ric de mi mateix perquè amb els cabells de punxa i els ulls inflats sóc tan lleig com un pecat.

Avui és el dia que he triat per anar a veure el Roman.

Un moment, agafo la jaqueta i ja podem marxar!

Com que hi ha una bona tirada fins al bar del Roman t'aniré explicant algunes coses que sé d'ell.

No és que ell i jo siguem gaire íntims, però ja fa molt temps que ens coneixem i crec que en aquesta història, sóc el més indicat per fer-te entrar en detalls.

Viu al poble des de fa molts anys, em penso que des que era petit i els seus pares van venir aquí per establir-se. Crec que no ho van tenir gens fàcil i van haver de treballar dur. Més o menys quan el Roman tenia la meva edat va conèixer la Carme, la seva dona, i van festejar la tira de temps.

Jo no voldria estar festejant amb la Marina anys i panys perquè deu ser increïble això de compartir la mateixa casa amb la persona que t'estimes, però no puc saber què passarà demà, i molt menys demà passat. Vull dir que de moment no faig plans de cap tipus i que el millor per a mi és saber viure el moment, encara que la mare i el pare no estan gens d'acord amb aquesta teoria…

Com t'explicava abans, el Roman també va haver de treballar de valent per poder obrir el bar. Un dia em va explicar que tenia alguns estalvis gràcies al fet d'haver treballat com a manobre, pintor i descarregador. La feina no era gens fàcil de trobar i calia aprofitar tot el que se li posava al davant.

Ara, ell i la Carme porten el bar i tenen una filla, la Laura que té tres anys i que és força entremaliada.

La Carme i la seva filla venien sovint a veure els partits. Quan tenia un any, la Laura ja corria per les grades del pavelló i sovint s'asseia al meu costat –no t´ho he dit però jo era dels que escalfava més banqueta…–. Quan el Roman s'adonava que era allà, asseguda com un jugador més, perdia per uns instants la noció del partit…

Recordo un dia, d'aquests que jo estava assegut a la banqueta, que no sé com em va anar a parar la Laura a la falda. El Roman, dret, estava dirigint la nostra defensa. De sobte es va girar enfadat i es va trobar amb el somriure innocent de la seva filla, allà a la banqueta, i jo amb cara de circumstàncies…

–I ara què fas tu aquí, Patufeta? –va dir amb una veu dolça–. Però què us passa avui? Potser no heu dormit prou? –em va escridassar tot seguit amb una veu horrible.

–Aitor, vull que surtis ara mateix al camp! Entres per l'Aleix! –va dir-me amb una cara de ben pocs amics.

La Marina havia fet alguna vegada de cangur de la Laura, especialment els dimecres que entrenàvem fins tard i la Carme havia d'estar-se al bar. Elles dues sí que s'entenien bé!, la nena se l'estimava molt i quan coincidien algun diumenge al pavelló s'ho passaven molt bé. Últimament, però, la Marina havia decidit prendre's molt seriosament l'institut i no feia cangurs. A més a més, què carai!, els vespres que li quedaven lliures eren per a nosaltres!

Ja hem arribat al bar!

Atenció perquè ara coneixeràs per fi el Roman i la seva família.

–Hola Carme.

–Hola Aitor, què hi ha?

–He vingut a veure el Roman.

–Doncs has tingut sort perquè avui hi és, si haguessis vingut ahir no l'hi haguessis trobat. Hauràs de passar a la cuina, em sembla que està fent endreça.

La cuina del bar era una estança quadrada i petitona. En una de les parets hi havia un marbre molt llarg i dues planxes d'aquestes que s'utilitzen per fer els frankfurts. Al centre de la cuina hi havia una taula de fusta petita plena de pots i cassoles. Era ben clar que el Roman estava fent dissabte.

Em va sobtar el seu aspecte i abans de saludar-lo el vaig observar. S'havia aprimat molt.

–Hola Roman.

–Hola Aitor. Noi, m'has espantat!

–Què tal va tot? –vaig dir-li.

–Anar fent, i tu què fas per aquí?

–Doncs, he vingut a veure't –per un moment vaig pensar que la meva visita no li estava agradant.

–Suposo que és per això dels entrenaments, oi? –va preguntar-me tot eixugant-se les mans amb un drap de cuina.

–Als nois i a mi ens estranyava que portessis tants dies sense venir... Saps?, estem perdent la forma.

–És que no m'he trobat gaire bé darrerament –m'ho va dir mirant-me fixament, llavors li vaig poder veure els ulls enfonsats, i el rostre una mica demacrat–. Els dies que estic més eixerit –va continuar dient el Roman– baixo a ajudar la Carme perquè no porti el bar tota sola.

–Però què tens? –vaig dir amb un fil de veu.

No em va contestar i es va produir un silenci d'aquells que aprofiten els àngels per passar.

–Bé, res que m'impedeixi tornar als entrenaments ben aviat, quan em trobi millor.

–Què et passa Roman?

El Roman no va dir res, va indicar-me amb la mà que el seguís. Vam sortir de la cuina, vam travessar tot el llarg de la barra del bar i vam pujar per unes escales estretes, just al costat de l'entrada. Per allà es pujava al modest pis del Roman i la Carme, just sobre el bar. Em va fer passar al dormitori i va tancar la porta. Va obrir un calaix de la tauleta de nit, d'on va treure una llibreta de tapes dures i gastades. Jo no entenia res i estava força intrigat.

–Mira Aitor, aquest és el meu diari, mai no l'he ensenyat a ningú, excepte a la Carme.

Òndia, un diari! Jo que pensava que ningú no feia ja aquestes coses... La Marina em va dir un dia que la Sílvia, una amiga seva, havia escrit més de vint llibretes des que tenia tretze anys, on explicava cada dia tot el que li passava, però jo no m'ho creia, és clar...

–Fa anys que vaig començar a escriure'l. Aquest és el quadern d'aquest mes. Cada nit relato les coses més interessants que em passen durant el dia. M'ho he pres com un costum i mai no deixo d'escriure-hi, encara que només siguin unes línies –va explicar-me el Roman.

–De fet aquí hi ha molts secrets meus, coses de la Carme i meves, anècdotes de la Laura, dels entrenaments, dels partits... –va continuar dient.

«Caram... això es posa interessant. Potser hi surto jo i tot, en aquests fulls», vaig pensar.

–No sé si m'equivocaré deixant que en llegeixis uns quants fulls, però sento la necessitat que algú ho faci, que tu ho facis, Aitor –va callar uns instants i prosseguí– ...abans, però, m'has de prometre que el que llegiràs ara mai no ho explicaràs a ningú.

–Ja saps que seré una tomba, Roman –vaig dir-li una mica impressionat per la confiança que demostrava tenir en mi.

El Roman em va donar la llibreta oberta, i amb el dit va assenyalar-me on havia de començar a llegir. Tenia una lletra gran i clara, no com la meva: a l'institut els profes m'han donat l'ultimàtum, o milloro la lletra o hauré de fer els exàmens orals.

Això és el que hi havia escrit :

Quan baixava a la ciutat sempre sentia una mica d'angoixa. Tants cotxes, el soroll, la gent caminant de pressa... Només hi anava quan era necessari, per comprar allò que al poble era impossible d'aconseguir. Anys enrere, de vegades baixàvem a la ciutat per anar al cine, a veure aquelles pel·lícules que tothom deia que no ens podíem perdre.

Vaig quedar bocabadat en veure com n'era de gran l'hospital. Vaig donar a recepció el paper que m'havia escrit el Dr. Escofet. Em van tenir en una saleta durant una mitja hora.

En sentir el meu nom vaig aixecar-me com un ressort. Llavors vaig notar la debilitat de les cames i com el cap em donava voltes. Vaig haver de recolzar-me un instant en una cadira.

Vaig desviar la vista dels papers, ja que això de l'hospital em va desconcertar. Dissimuladament vaig mirar-me el Roman i em vaig imaginar aquell instant que relatava com si ell hagués caigut desmaiat a terra.

Un infermer em va acompanyar a una habitació ampla que tenia tres llits. Dos ja estaven ocupats. Un home vell ocupava el llit més proper a la finestra, l'altre l'ocupava un individu més o menys de la meva edat. Tenia la boca mig oberta i una respiració ronca, els llavis grans i ressecs, per sobre els llençols sobresortien els braços, prims, amb les venes liloses que ressaltaven com si volguessin escapar-se, els ulls eren la part més viva d'aquell home.

Encara que el seu relat em tenia captivat, la meva atenció es desviava atreta pels seus propis braços. Volia submergir-me novament en les lletres, però abans desitjava que el Roman m'expliqués més coses d'aquella història.

–No tenies por? No et feia respecte aquell lloc?

–Estava molt insegur, mai no havia estat en una cambra com aquella. Recordo que feia una olor especial que no vaig poder relacionar amb res conegut –em va contestar el Roman.

–Però quants dies hi vas ser, allà?

–Hi vaig ser set interminables dies, mai no havia pensat tant en la Carme, en la Laura i en l'equip –i llavors va fer un senyal perquè continués llegint.

Parlava molt poc amb els meus companys d'habitació. Al jove el venien a buscar al matí, i tornava al vespre novament al seu llit. L'home gran passava la major part del temps estirat, mirant per la finestra, amb la mirada perduda a l'exterior i amb l'orella enganxada a un transistor.

Va ser llavors quan vaig llegir tot allò que li havien fet a l'hospital. Es veu que els metges detectaven clarament tots els símptomes que presentava el Roman, però no tenien ni idea de quina era la causa que els provocava.

Al principi em van posar un gota a gota, que em van treure el segon dia, ja que la infecció era lleu. Em van medicar amb antibiòtics i unes pastilles que em van fer desaparèixer el dolor al pit i la tos. Em van treure sang dues vegades.

Van arribar a visitar-me cinc metges diferents, que sempre venien en grup. M'exploraven els ganglis del coll, m'auscultaven el cor i els pulmons per davant i per darrere, i seguidament sempre m'observaven molt de prop el pit i l'esquena, com si esperessin trobar alguna cosa a la pell...

L'últim dia em va visitar la Dra. Comas, la cap del Departament d'Hematologia, una dona agradable d'uns quaranta anys. Em va dir que aquell mateix matí em donaria l'alta, la infecció de l'aparell respiratori ja s'havia curat. Abans d'anar-se'n, però, va afegir que quan estigués vestit i arreglat, era molt important que passés pel seu despatx, a la segona planta.

La història que estava llegint del diari del Roman em tenia cada vegada més enganxat. Però, per què em feia llegir allò?, per què era un secret?

Vaig tractar de preguntar-li què li havia dit la doctora Comas al seu despatx, però en aquells moments el Roman no m'escoltava, la seva mirada estava perduda, jo crec que passava a través meu. Vaig continuar llegint:

— En sortir de l'hospital vaig començar a caminar, sense saber on anava. No sabia quan temps portava extraviat, fins que em vaig trobar en una avinguda amb voreres amples. Vaig seguir baixant pel Passeig de Gràcia, aturant-me només als semàfors. Vaig passar pel costat d'aquell edifici tan original i emblemàtic. Dos turistes asiàtics, des de l'altre vorera, en retrataven la façana des de diferents angles.

Vaig seguir caminant sense saber on anava. Baixant per les Rambles vaig prendre consciència de la dimensió del temps: quants anys des de l'última vegada que vaig ser-hi! Recordava les parades on hi havia tota mena d'ocells. L'olor de mar en aproximar-me a Colom també em portava records...

No tenia ni idea que el meu entrenador fos capaç d'escriure així..., però, per què ara explicava coses del passat? Cada vegada ho entenia menys!

Vaig tornar a mirar-lo. I de sobte, vaig quedar impressionat en trobar-me de front amb la seva mirada. Em mirava amb uns ulls vidriosos, com aquells que se'ns posen de vegades quan hem d'explicar a algú alguna cosa que ens fereix.

No vaig poder suportar la seva mirada i vaig continuar llegint el diari.

Vaig aturar-me gairebé al final de les Rambles contemplant l'estàtua del descobridor, que s'erigia amb arrogància. Llavors vaig recordar allò que un dia la Lourdes, la millor mestra que vaig tenir quan era petit, m'havia explicat:

–Tothom pensa que el dit de Colom apunta cap a Amèrica, però el dit està assenyalant en una direcció diferent, cap a la Mediterrània. Hi ha algunes coses que tothom pensa que són d'una manera, però realment són ben diferents, el mèrit i la gran satisfacció rau en descobrir-ho per un mateix.

I si la meva malaltia només es tracta d'això, d'un mite com el dit de Colom? Com poden estar-ne tan segurs els metges del meu destí? I si s'equivoquen?

Ep! Ara sí que vaig agafar el fil. Encara que anava tan perdut com quan en Cristòfol Colom cercava les Amèriques...

La Dra. Comas li devia dir que tenia una malaltia. Potser una cosa greu. Probablement un tumor que no el deixaria entrenar mai més. Em vaig posar molt trist. No vaig atrevir-me ni a mirar-lo.

La veritat és que ja començava a posar-me molt impacient i vaig seguir llegint, tot esperant que al final d'aquella travessia trobés alguna explicació.

Vaig seguir caminant fins al port, vaig contemplar llargament el mar. Les últimes llums de la tarda, reflectides a l'aigua, es confonien amb els mercants que entraven i sortien.

Vaig posar-me les mans a les butxaques de l'abric. El contacte amb el paper al fons de la butxaca em va fer tornar a la realitat. Vaig estrènyer el parell de fulls doblegats amb totes les meves forces.

«Però ara de quins fulls parla?», vaig pensar.

Els vaig treure arrugats i vaig desplegar-los lentament, mai no havia fet res tan a poc a poc. L'informe de l'anàlisi contenia una renglera incomprensible de noms i nombres, però l'últim paràgraf era l'important, i la seva contundència i claredat, aclaparadores: SEROPOSITIU. La sang del pacient Roman Palacios Gómez conté anticossos anti-VIH –Virus de la Immunodeficiència Humana–.

No entenia gaire bé això de contundència i aclapadores, però..., seropositiu, seropositiu, de què va això? No era la primera vegada que ho sentia jo...

Vaig mirar el Roman buscant una resposta. L'home ja no em mirava. S'havia aixecat i em donava l'esquena amb les mans a les butxaques. Semblava molt serè.

Vaig continuar llegint amb el cor en un puny.

Ofegant un crit, vaig fer una bola amb el paper i el vaig estar a punt de llençar a les aigües tèrboles del port. Recordava amb precisió les paraules i l'expressió de la Dra. Comas. Ja feia uns minuts que estava sol a la sala d'espera de la segona planta quan la infermera em va fer passar.

La doctora m'esperava dreta, recolzada a l'altra banda de la taula. Em va donar la mà breument i em va convidar a seure. Tenia sobre la taula l'informe de les meves anàlisis de sang. Em va dirigir una mirada fugaç i després va començar a parlar sense aixecar la vista del paper:

–Sr. Palacios, he de comunicar-li una qüestió important sobre la seva salut. El que li diré probablement en un principi l'espantarà... vostè està infectat amb el virus de la immunodeficiència humana, el virus de la sida.

La sida! El cor m'anava a dos-cents per hora. Vaig sentir pànic no m'atrevia a mirar el Roman. La meva primera reacció va ser fugir corrents, vaig mirar la porta i em vaig aixecar. Llavors el Roman em va mirar fixament, com només ho feia quan al vestidor ens volia convèncer que ho podíem fer bé. Amb una veu sencera i ferma em va dir:

–Aitor, no has de tenir por. Acaba de llegir l'últim full, si us plau.

Vaig tornar a seure atemorit, i vaig continuar llegint com vaig poder.

–...jo voldria explicar-li clarament què vol dir això, i quines conseqüències pot tenir. Tractaré de fer-ho de la manera més senzilla possible, li prego que m'escolti, i després de fer-ho, preguntí'm tot el que vulgui...

Curiosament vaig pensar en el nombre de vegades que aquella doctora hauria comunicat notícies terribles als seus pacients. Estava sorprès de la meva pròpia sang freda en encaixar la notícia, i de les coses que em passaven pel cap en aquell moment.

–Com deu saber, vostè té una infecció seriosa que pot originar una malaltia greu. Però podria ser que, en el seu cas, no ho fos tant, de greu. El que vull dir és que el virus no afecta per igual a tothom. Vostè ja ha manifestat els primers símptomes de la malaltia: els mals de cap, els constipats i les grips repetides, la pèrdua de pes, la febre, les diarrees i les infeccions a l'aparell respiratori en són alguns. Encara que ara ja es troba prou bé, vostè està malalt. Les anàlisis de sang malauradament ens han donat la causa d'aquests símptomes. El seu sistema immunitari està afectat per la infecció del virus de la sida, el virus que causa la síndrome d'immunodeficiència adquirida. Això vol dir que el seu sistema de defenses del cos s'està debilitant.

En moltes persones infectades, el virus es troba inactiu, com si estigués adormit, encara que en realitat no ho està. Durant un temps els símptomes no es manifesten i podem dir que aquestes persones són portadores del virus de la sida. Aquesta era la seva situació fins ara. En el seu cas probablement el contagi es va produir fa temps i ara sobtadament han aparegut els símptomes, a partir dels quals vostè ja es pot considerar un malalt de la sida.

La doctora Comas va aturar el discurs, suposo que esperava que jo em sobreposés del primer impacte.

–Doctora, no sé gaire bé de què m'està parlant. Jo no entenc res, mai no he fet res dolent ni estrany per agafar la sida. Pot ser que l'anàlisi de sang no sigui meva? Pot ser que s'hagin equivocat?

–En primer lloc he de dir-li que no cal que hagi fet, com vostè diu, res dolent ni estrany per contagiar-se de la sida. En segon lloc, Sr. Palacios, sento dir-li que aquest paper que tinc davant és la segona contraanàlisi que li hem fet...

Vaig recordar els guants de làtex de la infermera.

–...i jo mateixa em vaig encarregar de supervisar-ho tot. Em sap molt de greu que no hi hagi cap possibilitat d'error.

Després d'una breu pausa i davant del meu silenci, va prosseguir.

–Als metges no ens incumbeix com ha estat infectat, però ha de saber que potser el virus pot provenir d'alguna persona del seu entorn amb la qual hagi mantingut relacions sexuals. També pot haver estat contagiat si ha compartit xeringues amb altres persones, per exemple per injectar-se drogues. En qualsevol cas, ha de saber que vostè pot infectar altres persones amb les quals tingui relacions sexuals sense protecció, és a dir, sense preservatiu. No sabem quan temps fa des que el virus el va infectar per primera vegada però probablement ja fa uns anys. Així doncs, fa temps que vostè potencialment pot haver infectat altres persones, i això sí que ens incumbeix, als metges.

No vaig poder seguir llegint.

Només va poder sortir-me un «em sap greu», tan fluixet que crec que el Roman no em va sentir. Recordo la seva imatge assegut al llit, mirant-se les mans.

Vaig dirigir-me cap a baix, al bar, tan ràpidament com vaig poder.

Gairebé vaig ensopegar amb la Laura que estava intentant enfilar-se per les escales.

–Aitor, ja te'n vas? Segur que no vols prendre res? –va dir la Carme.

–És que... he quedat amb la Marina i faig tard. Adéu –vaig dir-li.

Vaig sortir del bar com un llampec.

Et puc assegurar que el meu cap era una olla de grills: seropositiu, portador, infectat, malaltia greu... no entenia gairebé res. Jo ni tan sols sabia que existia un virus de la immunonosequè. *Només la paraula sida tenia per a mi un significat, i em feia pànic.*

Capítol III

El doctor Escofet

Això que el germà de la mare fos metge sempre m'havia fet una certa gràcia. Tenia, però, la seva part dolenta ja que sempre que em passava qualsevol cosa, per insignificant que semblés, la mare trucava a l'oncle Enric per consultar-l'hi. De resultes d'això, em coneixia el seu consultori pam a pam... tenia sort, però, que jo era el seu pacient favorit.

El consultori de l'oncle Enric, és a dir, del Dr. Escofet, és un pis modest on alhora treballa i viu. Comparteix la casa amb l'Otto, un gos d'atura d'intel·ligència gairebé humana. L'oncle, amb aquell mostatxo i les ulleres penjant-li del nas, fa pinta de savi despistat. I jo crec que aquesta imatge respon al que realment és.

Després de rumiar-ho força vaig decidir anar a fer una visita a l'oncle. Era diumenge i si no ha canviat gaire els costums, l'oncle acostumava a passar el cap de setmana a casa, llegint aquelles revistes de medicina en anglès que rep cada mes. Cada diumenge al matí surt amb l'Otto d'excursió pels boscos que envolten el poble, ell diu que això allarga la vida de les persones, i també la dels gossos.

Vaig sortir d'hora tot esperant trobar-lo a casa.

–Aitor! Feia molt de temps que no em venies a veure un diumenge. Això sí que és una sorpresa!

–l'Otto va saltar-me al damunt a traïció i va començar a olorar-me apassionadament l'entrecuix mentre l'oncle se'n reia descaradament i es tocava el mostatxo...

–Prou d'una vegada, Otto! –vaig cridar alhora que tractava de fer-li pessigolles a les seves parts més vulnerables.

Amb el gos entretingut destrossant el suplement del diari, l'oncle em va convidar a esmorzar amb ell: xocolata desfeta amb melindros, i jo que pensava que els metges no en menjaven d'aquestes coses...

–Segur que em véns a veure perquè t'has tornat a lesionar. Aquest esport tan dur que feu, l'handbol, m'està donant molts mals de cap últimament. Saps?, l'altre dia va venir aquell amic teu, el Marc, amb un genoll que feia pena.

–No és per això que et vinc a veure, oncle, és per una qüestió ben diferent.

–Vaja home...

De la manera que ho va dir em va semblar com si ja sabés a què venia. De fet m'ho va semblar des del moment que em va obrir la porta.

–Mira oncle, és que a l'insti el profe de natus, que és un pesat, ens ha manat fer un treball molt difícil i no hi ha manera de trobar informació enlloc. Com que tu tens tants llibres i saps moltes coses potser em podries orientar...

–Quina mena de treball és? –va preguntar amb curiositat l'oncle mentre es treia amb un tovalló de paper la xocolata que li empastifava el bigoti.

–A mi m'ha encolomat un treball sobre la sida –vaig mentir.

Hi haver un silenci estrany, l'oncle em mirava com

sospesant el que havia de dir i el seu rostre es va posar més seriós que de costum.

–Aitor, què saps de la sida? –em va interrogar.

–Doncs ben poqueta cosa: per això em té vostè aquí, Dr. Escofet –vaig ironitzar, mentre treia de la butxaca un petit bloc de notes i un boli.

–Per començar t'he de dir que és una infecció produïda per un virus. Suposo que saps què és un virus, no?

–Per què no m'ho recordes, oncle? –vaig proposar-li.

–Com t'ho podria explicar...

Mentre rumiava afinant-se el mostatxo, l'oncle va agafar una nou de sobre la taula –a l'oncle li agradaven molt les fruites seques– i amb el trencanous, catacrac, la va partir en dos trossos. Després d'oferir-me'n un dels bocins, va prosseguir el seu discurs.

–Imagina't un virus com si fos una nou, però infinitament més petita, tant que no es podria veure ni amb un microscopi òptic, com aquests que deveu tenir a l'institut. Ara pensa en la closca de la nou i el que hi ha dins.

Em va concedir uns segons per pensar, però entre el poc que jo sabia sobre els virus i les nous, no hi vaig saber trobar cap relació.

–Tots els virus tenen una mena de coberta. Aquesta mena d'escorça està feta per una munió de diverses molècules, que formen una mena de trencaclosques. Cada tipus de virus té una coberta característica pròpia, així doncs, hi ha tants puzles diferents com tipus de virus existeixen. Recorda que són infinitament petits...

–I dins la coberta què hi ha? Menjar? –vaig interrompre'l tot mirant la nou trencada.

–A dins hi ha una mena de capseta, que rep el nom de càpsida, on hi ha la part més important del virus, la que realment fa mal, la informació genètica –aquí vaig notar que a l'oncle li mancaven les paraules per fer-m'ho entendre...

–Has dit que fa mal? Vaig preguntar.

–Tots els virus necessiten de les cèl·lules. Fet i fet, la major part d'ells acaben matant-les. Quan entren en contacte amb la cèl·lula que infectaran, la coberta s'uneix a la seva membrana i hi introdueixen la càpsida amb la informació genètica. A partir d'aquesta, dins la cèl·lula, es produiran moltes còpies i tot seguit es fabricaran les peces que constitueixen les càpsides. D'aquesta manera podran formar-se molts virus dins una cèl·lula infectada –va explicar l'oncle Enric.

–A veure si ho he entès bé –vaig dir repassant les anotacions que havia fet al meu bloc–: els virus ataquen les cèl·lules introduint-hi el que tenen dins. Llavors aquesta mena d'informació és capaç de provocar la producció de moltes noves capsetes d'aquestes, o com es diguin, i això mata la cèl·lula, no?

–Més o menys –va dir satisfet l'oncle–. En realitat el virus fa servir els materials i l'energia de la cèl·lula per produir nous virus que es van formant en un procés en el qual les peces de la càpsida es van acoblant al voltant de les molècules d'informació genètica –va puntualitzar.

Això últim de les molècules d'informació genètica i de l'acoblament no ho vaig entendre gens bé, però ho vaig anotar. Ja li ho preguntaria al profe de natus.

–I tot això què té a veure amb la sida? –vaig preguntar impacient.

–La paraula *SIDA* vol dir Síndrome d'Immunodeficiència Adquirida, i està produïda per un virus: el *VIH*, que vol dir Virus de la Immunodeficiència Humana, que si fa o no fa actua com t'he explicat.

–Li vaig fer repetir això últim ja que amb tanta lletra rara m'havia fet un bon embolic. Vet aquí que per fi trobava algú que sabia anomenar correctament els virus de la *immunonosequè*.

–El VIH infecta fonamentalment un tipus de cèl·lules de les persones. Aquestes cèl·lules són molt importants, ja que s'encarreguen de defensar-nos de les infeccions i d'algunes malalties greus –va concloure l'oncle.

–Ja. I quines són aquestes cèl·lules? On es troben?

–Són un tipus especial de glòbuls blancs anomenats limfòcits. Entre aquests, n'hi ha uns que tenen la missió de dirigir l'activitat de moltes altres cèl·lules que participen en els mecanismes de defensa. Ara, en aquest moment, per exemple, els nostres limfòcits estan produint gran quantitat d'anticossos que ens defensen de multitud de malalties. Si no fos per ells ben segur que no sobreviuríem.

Vaig anotar això d'anticossos per preguntar-ho a classe...

–Llavors, si una persona està infectada amb el virus de la sida no podrà produir aquests anticossos –vaig deduir en veu alta.

–No exactament, diguem que té minvada la capacitat per produir-los, i per tant està exposat a contreure més malalties infeccioses –va puntualitzar l'oncle.

Vaig acabar d'anotar totes aquelles informacions tan valuoses, i no vaig poder evitar de pensar en el Roman. En les seves últimes trucades dient que es trobava malament i que no havia pogut venir a dirigir l'entrenament.

–Per cert, quins llibres et va recomanar el professor per buscar informació? –va preguntar-me de sobte l'oncle. Em va sorprendre pensant en el Roman, i vaig reaccionar força malament.

–Què? Quins...? Ens va dir que anéssim a la biblioteca de... com es diu aquella...

–Aitor, et conec des que no t'aixecaves un pam de terra. Què m'estàs amagant?

No sé com s'ho feia el germà de la mare, però em sabia llegir el pensament.

–Veuràs oncle, no puc parlar. És una qüestió, com ho diria jo... molt delicada. He fet una promesa, és com una mena de pacte que no puc trencar.

–Potser has parlat amb el Roman? –va deixar anar l'oncle, com qui no diu res.

–Què saps tu del Roman? –vaig dir, desconcertat, amb un fil de veu, recordant en aquell moment el diari del Roman on havia llegit que l'oncle portava el cas del nostre entrenador.

–Vaig parlar ahir amb ell. Bé, de fet ja fa una temporada que el veig força sovint. Em va dir que l'havies anat a veure al bar. I que t'ho havia explicat tot –va dir l'oncle mentre acariciava les orelles de l'Otto, que havia posat el cap sobre les seves cames. L'oncle Enric va xiuxiuejar no sé què a l'orella del gos i l'animal va desaparèixer camí de la cuina–. Des de feia uns mesos el Roman no acabava de sortir d'una infecció, que ja n'agafava una altra. Va perdre pes d'una manera alarmant. Però el que més em va cridar l'atenció va ser un gangli molt inflat al coll. Ara fa unes setmanes tenia una tos seca i preocupant. Li vaig recomanar que ingressés uns dies a un hospital de Barcelona, i vaig fer un informe recomanant diverses proves i anàlisis. Una d'elles era el test sobre anticossos de la sida, el resultat del qual malauradament va ser positiu.

–Es morirà? –vaig preguntar-li de sobte.

–No ho sé. Hi ha persones que resisteixen força bé la infecció, i d'altres no tant. Actualment el Roman ho està portant prou bé, i aviat, si no hi ha cap altra complicació, podrà tornar a entrenar-vos i a dur una vida normal. D'altra banda, s'estan trobant fàrmacs que en algunes persones poden aturar la infecció i fins i tot eliminar gairebé el virus.

–I com pot haver agafat la sida el Roman? –em vaig atrevir a preguntar-li.

–No ho sé i si vols que et digui la veritat m'importa ben poc –va respondre immediatament l'oncle amb un posat molt seriós.

Vaig quedar-me una mica atordit. Tot això em costava molt de pair.

–No heu de tenir cap por del Roman. No pot contagiar ningú amb el contacte quotidià que té amb vosaltres. La sida només es contagia per contacte sang-sang, o mantenint relacions sexuals sense protegir-se amb un preservatiu, i també hi ha una petita possibilitat que una mare infectada pugui contagiar el seu fill durant l'embaràs o el part.

Vaig fer-li repetir les vies de contagi i vaig anotar-ho tot al bloc.

–Així doncs, el Roman no representa cap perill per a ningú?

–No.

–I la Carme? –vaig insistir.

–La Carme no corre perill si prenen les mesures que ja t'he dit quan mantinguin relacions sexuals. Ja he parlat d'això amb ells dos. A més a més, per motius que ara no vénen al cas, ja fa temps que la Carme no pot prendre píndoles anticonceptives, i per tant usen el preservatiu en les seves relacions sexuals.

Crec que em vaig posar una mica vermell, i em va sobtar que m'expliqués aquestes coses tan íntimes. D'altra banda, això era una prova de la confiança que em tenia l'oncle.

–Ell ha estat molt valent de fer-t'ho saber. Això demostra que confia molt en tu. Però crec que s'equivoca –va continuar l'oncle.

–En quin sentit? –vaig preguntar-li. Ara sí que no sabia on volia anar a parar…

–Em va trucar la Dra. Comas, la cap del Departament d'Hematologia de l'hospital on va estar ingressat el teu entrenador. Va explicar-me l'estada a la clínica i els resultats de les anàlisis del Roman. També va prescriure els medicaments amb els quals el teu amic haurà de medicar-se. N'hi ha alguns, com l'AZT i el DDI o els inhibidors de la proteasa, que són poc habituals.

–On és l'equivocació oncle Enric? –vaig insistir, mentre apuntava nerviosament al meu bloc de notes això d'AZT, DDI i inhibidors de la proteasa.

–Espera't, deixa'm acabar –va dir secament. I de nou, tocant-se el bigoti, va continuar parlant, mesurant molt les seves paraules–. El Roman tenia l'opció d'obtenir periòdicament aquests medicaments a través d'una farmàcia de la ciutat, o senzillament esperar que me'ls enviessin a mi. Però ha decidit demanar-los directament a la farmàcia del poble. I ell hauria d'adonar-se que això és com declarar públicament que té la sida. I aquesta crec que és una opció equivocada.

–No podries parlar amb el Rosendo, el farmacèutic, i dir-li que guardés el secret? –vaig suggerir-li.

–No, això seria trair el Roman. Ell mai no m'ho perdonaria. Vol acceptar els fets tal com vinguin. Té els ous ben posats el teu entrenador, però té molt a perdre. Molt més del que ell creu –va dir l'oncle Enric.

–Per què? No has dit que no suposa cap perill per a ningú? –jo tornava a estar un xic confós.

–Aitor –l'oncle em va mirar molt fixament als ulls, i amb un to de sermó paternal va dir–, ets molt jove, i la major part dels joves teniu valors que penseu que us han de durar tota la vida. Valors com ara la solidaritat i la tolerància, que alguna gent va perdent amb el temps.

Dit això, l'oncle va continuar.

–Quan la notícia del problema del Roman s'escampi, que no ho dubtis, s'escamparà, llavors el problema ja no serà només seu, i podràs veure realment el valor de les persones que estan al voltant del teu entrenador. Però no les jutgis malament, ni a ell tampoc. La por i l'instint de supervivència ens fan fer i dir coses que en altres condicions mai no faríem ni diríem...

L'oncle suposo que es va adonar del meu desconcert ja que va tornar a omplir-me la tassa de xocolata. Mentrestant, l'Otto movia la cua frenèticament i em llepava la mà reclamant un altre melindro.

Em va dir si volia acompanyar-los a donar un volt per l'alzinar, que ell i l'Otto estaven a punt de marxar just quan jo havia arribat. Vam travessar el poble pels carrerons estrets, agafant el camí més curt. Aviat vam arribar al bosc. L'alzinar estava preciós i l'oncle m'explicava els diferents colors que tenia el bosc al llarg de l'any i els diferents animals que s'hi podien trobar. L'Otto jugava amb la catifa de fulles de roures i tells que hi havia a la torrentera, la part més humida de l'alzinar, rebolcant-se i bordant amb alegria. De tant en tant jo li tirava un branquilló que l'animal em retornava al cap de pocs segons. Eren gairebé les onze i vaig decidir tornar jo sol cap el poble. Vaig acomiadar-me de l'oncle sense tornar a fer cap altra referència a allò que m'havia portat a veure'l.

No sé com t'ho prendries tu tot això, però jo no vaig entendre què volia dir realment l'oncle amb les seves últimes paraules mentre esmorzàvem. Això no obstant, no podia treure'm del cap com vaig reaccionar a casa del Roman quan vaig llegir el diari.

Capítol IV

Com és que ho saben?

Ja t'has adonat de la mena d'embolics en què em fico? A mi mai no em tocarà un CD en una rifa ni em regalaran un excel·lent de mates –com a l'endollat de l'Adrià–, a mi només em passen coses d'aquestes...

Et pots imaginar que d'ençà que vaig parlar amb el Roman ja no n'he fet ni una de bona. La mare i el pare semblen tenir un radar especial per aquestes coses i m'ajuden tot el que poden a fer-me més agradable la vida. Tot el dia em van al darrere:

–Aitor, cull la roba bruta que has deixat al terra de la cambra de bany!

–Aitor, com a mínim podries rentar els plats de l'esmorzar, no?

Potser jo els dono motius perquè em busquin les pessigolles, perquè el cert és que des que vaig llegir el diari del Roman em trobo força desconcertat i estic que no m'hi trobo. Jo sé que la Marina també se n'ha adonat, i em troba estrany, però quina explicació puc donar-li si li vaig prometre al Roman que guardaria el secret?

Tots els dies penso en ell. Em sap tan de greu haver marxat de casa seva de la manera que ho vaig fer...

Avui segurament em quedaré penjat a la classe d'anglès que tenim a última hora de la tarda i la profe aprofitarà per preguntar-me algun verb irregular. Però això no em preo-

cupa gens ni mica. El que no em puc treure del cap és que aquest vespre tenim entrenament.

Fa dies que el Roman no ve, però hi ha alguna cosa que em diu que avui vindrà. Em sento incòmode només de pensar-ho. Com el miraré? Com el tractaré?

Quin embolic!

–Aitor, vols fer el favor de tancar l'escalfador? Cada dia igual! Tant et costa tancar-lo quan t'acabes de dutxar?

Aquesta és la mare. Potser em veu massa tranquil i pensatiu... serà millor que agafi els llibres, la bossa d'esports i foti el camp.

Si em segueixes podràs saber el que passa aquest vespre a l'entrenament. El més interessant passa al vespre.

Sóc a la sortida de l'insti. La Marina ha recollit ràpidament les seves coses i ha enfilat cap a la porta.

Tot i que no hauries de ficar el nas en la meva intimitat, et deixaré saber com em va anar amb ella.

–Marina espera'm!

–Que t'esperi? Que no has d'anar a entrenar avui?

–Sí, però és que encara tinc una mica de temps. Tinc ganes de parlar amb tu.

–Si parlar significa estar sense dir res tota l'estona, com dies enrere, em sembla que no em ve gaire de gust –va dir-me ella amb cara de pomes agres.

–Em sembla que estàs una mica enfadada amb mi –li vaig dir mentre li agafava la mà–, no em facis cas, últimament estic una mica tòtil.

–Però bé que ho deus estar per alguna raó, no? –va

preguntar-me ella mirant-me intensament amb els seus ulls grossos.

–No res! –vaig dir jo, desviant la mirada, com traient-hi importància.

–Mira Aitor... jo no em mamo el dit, sé que et passa alguna cosa. Si no me la vols explicar, digue-ho clarament, i no passa res, ja veus que no m'enfado.

Això de «no m'enfado» no m'ho vaig creure gaire, només calia veure-li els ulls, però ara tenia l'oportunitat de deixar ben clar que el que em passava no tenia cap relació amb ella ni amb nosaltres dos. Li vaig fer entendre que estava guardant un secret important que no podia dir a ningú. No va semblar gaire convençuda i en els seus llavis es dibuixava l'indici d'un interrogatori, però no em va preguntar res. Per darrere nostre s'apropaven les passes de l'Adrià i els altres, llavors em va fer un petó molt dolç –encara recordo el sabor de la seva boca– i va marxar corrents cap a un grup de nois i noies que l'estaven esperant.

–Què? Marxem? –va preguntar-me l'Adrià.

No vaig contestar i em vaig encaminar cap a ells.

–Ja sabeu que avui vindrà el Roman? –va dir en veu alta el Marc camí de l'estació.

Ningú no va contestar i van refusar la mirada del Marc. Aquest detall no em va passar desapercebut i em va cridar força l'atenció.

–Què passa, esteu sords? –va dir ell tocant-se les orelles.

–No. Passa que tu no t'assabentes de res –li va contestar l'Adrià.

–Què vols dir amb això? Per què m'ho dius?

–Perquè em sembla que deus ser l'únic de l'equip que no s'ha assabentat del que li passa al Roman

–va contestar-li aquesta vegada l'Aleix mentre pujàvem al tren.

Això va ser com una garrotada. Si en aquell moment s'arriben a fixar en mi m'haguessin vist blanc com un llençol, tremolant com una fulla.

Com és que ho saben? Em vaig esgarrifar només de pensar que els companys s'haguessin assabentat de res. Em semblava impossible.

Jo tenia moltes ganes de preguntar-los de què parlaven i de com ho havien arribat a saber, però en canvi estava mut i quiet com un estaquirot.

–He sentit a dir que el Roman té la sida –va deixar anar com una bomba l'Adrià, trencant el silenci.

–Què dius nano? –va exclamar el Marc amb una expressió d'incredulitat. Això no pot ser... estàs de broma!

–Mai no he parlat tan seriosament... i si no em creus pregunta-ho al Joan –va contestar-li molt segur l'Adrià.

–El Joan escalfa molta banqueta –va contestar el Marc, mirant de reüll el Joan, que seia al compartiment del costat–, a més, qui li ha dit aquesta bajanada, el Roman potser?

–Pensa el que vulguis Marc, però mig equip en va ple –va repicar-li l'Aleix.

–El meu germà, que treballa al mercat, ho ha sentit a dir –va dir el Joan entrant a la conversa– i m'ha recomanat que no m'hi acosti, ni comparteixi la mateixa dutxa. Si el Roman no tingués la sida, per què m'hauria de dir una cosa així, el meu germà?

–No m'ho puc creure –va dir finalment el Marc molt abatut–. Tu què en penses, Aitor?

Altres companys de l'equip havien deixat els seus

seients del tren per afegir-se a la conversa. Vaig sentir que les meves paraules podien ajudar una mica el Roman i vaig decidir aprofitar aquesta oportunitat.

–No ho sé nois... –vaig titubejar–. No sé d'on ha sortit això que el Roman té la sida, però no n'hi ha per a tant com per tenir-li por o per haver de tractar-lo d'una manera diferent.

Llavors vaig recordar la meva fugida de casa del Roman el dia que ho vaig saber. Ves si no era la por qui em va fer sortir a corre-cuita.

Vaig pensar llavors en la meva conversa amb l'oncle Enric.

–Tant de bo fossin rumors –vaig continuar–, però si no ho són, crec que el Roman mai no ens posaria en perill.

–Això ho dius perquè no tens ni idea del que és la sida –va contestar-me el Nacho Fuentes–. La sida és una cosa molt contagiosa. El nombre de persones que l'agafen augmenta dia a dia vertiginosament. Jo no penso ni donar-li la mà –va concloure el Nacho amb fermesa.

–Haurem d'anar molt amb compte a les dutxes... –va dir el Joan.

La conversa s'havia animat de manera que tothom s'atrevia a dir-hi la seva sense tenir-ne gaire idea. Les veus es confonien del xivarri que fèiem, fins i tot va atansar-se el revisor a demanar-nos que calléssim.

Tots creien saber el que calia fer, però en realitat encara ho sabien molt menys que jo. El Manel, que sempre ha estar un líder, ens va proposar de negar-nos a entrenar i marxar tan bon punt aparegués el Roman. La proposta no va tenir acceptació, perquè alguns nois em van fer costat quan vaig dir que era una bestiesa, i que no era just fer-li això al nostre entrenador.

–Ja està! Deu ser un homosexual, un marica! –va saltar l'Adrià.

–Doncs la Carme porta la barba molt ben dissimulada –vaig fer jo amb tota la intenció de deixar-lo en ridícul.

–Llavors, de quina manera l'ha agafada, aquesta merda? –va dir ell plantant-me cara.

–El meu germà diu –va intervenir el Joan– que no ho sap segur, però que aquestes coses només les enxampen els homosexuals o les persones que es punxen. Ell no s'ho pensava pas que el Roman fos un d'aquests.

–Nosaltres no som ningú per jutjar-lo, ni tan sols estem segurs de res –vaig fer jo força molest–, el Roman és un bon tio!

–Ja m'ho diràs quan comencis a quedar-te escanyolit com ell –va contestar-me l'Adrià amb tota la mala llet del món–. És bona persona, però té la sida i jo no penso esperar que me l'encomani, per molt bon tio que sigui. A més a més, vés a saber com l'ha agafada.

–No en teniu ni idea! –va deixar anar el Marc–, l'altre dia els meus pares parlaven d'una nena petita que tenia la sida. Això em fa pensar que no deuen ser només els homosexuals i els drogoaddictes els únics que agafen aquesta cosa.

–Tant se val qui l'agafi o com s'agafi –va afegir el Gerard Gómez–, si el Roman pot venir als entrenaments és que la cosa no és tan greu. Segur que el virus de... de...

–...de la síndrome d'immunodeficiència adquirida –vaig ajudar-lo.

–...doncs això, segur que aquest virus de la deficiència adquirida ja deu estar molt debilitat pels medicaments que el Roman deu prendre –va continuar dient el Gerard.

–No hi ha medecines! –va dir l'Adrià–, a la fleca he sentit dir que la sida no té cura.

–Així què? –va posar-se dret l'Arnau cridant i tot vermell com un tomàquet–, ja l'has mort i enterrat, o potser ens deixaràs entrenar aquest vespre?

D'un bot l'Adrià se li va llençar a sobre i entre tots vam poder evitar que li clavés una garrotada. Just quan gairebé havíem aconseguit separar-los, el tren s'estava aturant a la nostra estació.

En baixar del vagó ens vàrem dispersar en grups de dos o tres. Anàvem pujant per la rambla del poble cap al poliesportiu escortats per dues fileres de plataners sense fulles. Tots parlàvem del mateix, i va ser llavors quan vaig pensar en el farmacèutic, en el germà del Joan, en les parades del mercat, en els pares del Marc, en la gent de la fleca... Em vaig adonar que no solament els nois de l'equip ho sabien, sinó que bona part del poble en deuria anar ple.

Vaig fer l'última rampa que arribava al poliesportiu amb el cor encongit.

A la pista ens vam trobar amb el Roman i tothom va reaccionar de la mateixa manera. El vam saludar com si res, però amb la mirada baixa i buscant algú al costat amb qui parlar. Ningú no sabia què fer i tots estàvem acollonits!

L'entrenament va ser quelcom miraculós que ens ho va fer oblidar tot. El Roman va fer poques intervencions i en comptes d'estar dret i actiu com sempre ho havia estat, ens mirava i ens feia les observacions assegut des d'una cadira que va col·locar a la banda del parquet.

Al final vam fer un partit d'un quart d'hora, i en acabar-lo vàrem dirigir-nos a les dutxes i una altra vegada ens vam agrupar pel passadís, de dos en dos, per fer comentaris en veu baixa.

Generalment al vestidor sempre hi havia força gresca. Fèiem sempre molta conya amb l'Aleix, que si no tenia pèls als ous..., que si tenia una titola que no es veia... L'Aleix, quan l'atacaven així, sempre tenia sortides divertides, i a més a més no s'enfadava. Aquell vespre, però, ningú no tenia ganes de fer gresca.

–Avui sí que estic cansat de debò –va sospirar el Nacho trencant el silenci– i la dutxa que m'està esperant...!

–Com vols no estar cansat, amb el temps que feia que no entrenàvem... ja veuràs quina pallissa que ens clavaran el diumenge –va queixar-se l'Adrià.

–Home! Això sí que és bo... quina moral. Val més que no juguis el diumenge...! –vaig recriminar-lo.

–Encara ens queden un parell d'entrenaments per posar-nos a to. No? –va puntualitzar en Marc, que tenia certa habilitat per treure llenya del foc a les meves friccions amb l'Adrià.

En aquell moment el Roman va entrar al vestidor. La discussió es va aturar de cop, i tots vam continuar, amb el cap baix, traient-nos la roba suada.

El Roman, com sempre, va començar a despullarse. Tenia el costum de dutxar-se amb tots nosaltres. Jo estava just darrera seu i l'observava amb atenció. El seu aspecte havia canviat en pocs mesos. Sempre havia estat un home fort i tots li envejàvem la musculatura. Em va semblar que estava més prim. Fins i tot els braços i les cames del Roman semblaven haver perdut la força original.

Va agafar la tovallola i es dirigí cap a la dutxa col·lectiva, on acabaven d'entrar el Marc i el Rafa. Va obrir una aixeta. L'aigua va començar a rajar inicialment freda, temperant-se de mica en mica. En impactar amb el cos del Roman, l'aigua va esquitxar el Rafa i el Marc que eren un a cada costat. El Rafa discretament va allunyar-se i va utilitzar una altra aixeta. L'aigua sortia freda però en aquells moments volia, per sobre de tot, netejar-se d'allò que l'havia esquitxat... El Marc va quedar paralitzat sota la dutxa, li va semblar que el Roman li deia quelcom, però no el sentia. Va agafar el sabó i va ensabonar-se a consciència tot el cos, fins i tot aquells racons que sovint oblidava.

–Et deia que potser avui no et deu haver molestat el genoll, com que fa dies que no entrenem, el descans et deu haver anat bé per a la lesió... –deia l'entrenador mentre s'ensabonava el cap.

–No, no, avui no m'ha fet gens de mal... em sembla que ja estic curat –va dir el Marc mentre sortia.

Va topar de front amb mi que, despullat, em dirigia cap a les dutxes.

–I l'Aleix, on és? Que no es dutxa? –va preguntarme el Marc.

–Ha dit que havia de marxar, que encara no havia acabat el treball de català i que ja es dutxaria a casa... –vaig explicar-li mentre allargava el coll cap a les dutxes per veure qui quedava dins.

El Roman va sortir eixugant-se el cabell. No portava xancles.

–Òndia! He oblidat la tovallola! –vaig exclamar sobtadament.

–Dutxa't, ja et deixo jo la meva. Procuraré reservar-te'n una part sense mullar –va dir-me el Roman.

–Gràcies... és igual... ja em dutxaré a casa. A més a més, avui tinc pressa, he quedat amb la Marina i si torno a arribar tard em pela...

Em vaig posar ràpidament el xandall sobre el cos suat i vaig sortir del vestidor a corre-cuita. Vaig procurar no mirar el Roman. La meva cara vermella m'hauria delatat.

L'aire fred de l'exterior va xocar amb les meves galtes calentes i envermellides de vergonya, el cor m'anava a cent. No tenia per costum dir mentides, ni amagar-me amb excuses falses.

Em va venir el record d'un dia que havia quedat a la ciutat amb la Marina, la vaig fer esperar gairebé una hora. Volia dir-li la veritat, que me n'havia oblidat. Però quan la vaig tenir davant, no vaig atrevir-m'hi i vaig excusar-me dient que ho sentia molt, que l'autobús s'havia quedat aturat en un embús de trànsit, que si no hagués estat per això hagués arribat a l'hora.

Vaig fer-me la promesa a mi mateix que mai no diria cap altra mentida.

Aquell vespre, fugint del vestidor, vaig adonar-me dolorosament que acabava de trencar aquella promesa.

Capítol V

Vull saber-ne més...

La veritat és que després de l'episodi de les dutxes encara em sentia pitjor. No em servien de consol les advertències que, dies abans, m'havia fet l'oncle Enric.

Seguia tenint el cap com un timbal. No em veia capaç de prendre cap decisió encertada i no sabia per on havia de tirar.

No sé com et sentiries tu si fugissis dues vegades d'un amic de la manera com jo ho vaig fer. I això que la segona vegada tenia coneixement que no corria cap perill. Ho sabia... però vaig fugir com un covard i, a més a més, vaig mentir!

La profe d'història diu que la informació és poder i que si un està ben informat té més recursos per fer una bona tria i no deixar-se ensarronar.

I jo que creia que no me l'escoltava mai, aquesta dona! Se'm va acudir que buscar més informació potser m'ajudaria a centrar-me i potser em faria sentir millor.

Se m'acut que podríem anar cap a un lloc on les parets estan empaperades d'informació...

Vinga som-hi!

La biblioteca del poble és molt petita, encara que Déu n'hi do els llibres que té, però sobretot el que més es troba a faltar és gent que hi vagi. Només el jovent ens hi deixem caure molt de tant en tant, quan algun profe ens encarrega un treball d'aquests que acostumem a fer tot copiant un tros d'aquí, un tros d'allà, i posant-hi de tant en tant alguna coseta de la nostra collita de manera que no es noti gaire que és una afusellada.

La Rosario, la bibliotecària, és un fòssil vivent. Un dia va dir que mai ningú no la faria jubilar, que si volien retirar-la de la circulació que la podrien fotre dins la caixa, però que de la biblioteca ningú no la trauria.

El cert és que a mi no em cau gens bé, perquè alguna vegada que hi hem anat junts la Marina i jo, ens ha acabat renyant com si fóssim criatures. Tot plegat perquè no podem estar dos minuts sense xerrar i la molt bruixa, sempre capficada que a la biblioteca no s'hi ha de sentir ni una mosca.

L'Adrià, sempre la puteja una mica i li diu «senyoreta Roser», i la Rosario es posa tota feta una fera. He de reconèixer, però, que es coneix la biblioteca com el palmell de la seva mà, si més no, està al dia de les poques novetats que hi arriben. Així doncs, la Rosario sap una mica de tot, o almenys on es pot trobar...

Vaig entrar a la biblioteca a primera hora de la tarda, la Rosario no va aixecar la vista del llibre que s'estava empassant. Només en passar enfront d'ella va treure's les ulleres de llegir i em va dir:

–Eh nano!, on et penses que vas tan decidit? Potser et creus que ets a casa teva? Què busques?

–Em... busco informació sobre la sid..., vull dir, els llibres de medicina. Em podria dir on són si us plau? –vaig contestar-li apurat, amb la sensació d'estar a punt de ficar la pota.

–Segueix el passadís de l'esquerra –va dir-me tot fent-me una repassada de dalt a baix– i al final veuràs una prestatgeria de fusta de color blanc. Tota aquella renglera són llibres de medicina. Compte, que alguns són molt antics!

De qualsevol cosa en diuen passadís... –vaig pensar mentre passava entre dues prestatgeries repletes de volums, mirant de no tirar-ne cap a terra.

La molt bruixa tenia raó, la veritat és que no hi havia cap llibre modern, tots eren volums coberts de pols que segurament mai ningú no havia consultat des que van ser col·locats allà per primera vegada. Vaig quedar amb les mans totes brutes i no vaig trobar res del que jo cercava. No sabia per on continuar.

Vaig seguir fent el dropo per la biblio, preguntantme on carall podria trobar alguna cosa sobre la sida. Mentrestant, la Rosario, des de la seva taula, no em treia l'ull de sobre. De sobte gairebé vaig ensopegar amb una pila de llibres vells que s'erigia enmig d'un dels passadissos, i trontollant vaig acabar topant amb una mena de revister. Vaig sentir la veu amenaçadora de la bibliotecària que m'escridassava des del fons de la sala dient-me que no fes soroll. Això em va fer gràcia perquè allà només hi era jo, fent feina.

Al revister hi havia els diaris de la setmana i unes quantes publicacions, una d'elles semblava de continguts científics, vaig agafar-la i vaig seure en una de les taules. O el terra era ondulat o la taula devia tenir una pota més curta que les altres, ja que Déu n'hi do com ballava cada vegada que m'hi recolzava.

Vaig obrir la revista pels primers fulls. En trobar l'índex, vaig buscar entre tots aquells noms tan rars per si hi havia res relacionat amb la sida. De sobte, vaig veure un títol on sortia la paraula que cercava. Quina sort ! Al cap i a la fi trobava alguna cosa.

Vaig fullejar l'article nerviosament. Passava els fulls amb tanta fruïció que la Rosario em va dirigir una mirada inquisidora des de la seva taula, al final del passadís.

L'article era força llarg. Hi havia un parell de fotos, dibuixos, tres o quatre esquemes i un gràfic. Tot això col·locat enmig d'un text de lletra molt menuda.

Vaig decidir demanar prestada la revista per poder-me llegir l'article tranquil·lament a casa. Així que vaig atansar-me a la taula de la Rosario amb la publicació a la mà i vaig demanar-li un imprès de sol·licitud de préstec...

–No saps que això no es pot treure de la biblioteca? –va deixar anar amb un to força desagradable tot assenyalant la revista que duia a les mans–. Mai no us llegiu la normativa o què? –va dir-me alhora que feia una mirada i un cop de cap en direcció a un paper llardós que hi havia penjat a la paret.

–És que... és que he de fer un treball per a l'institut i voldria llegir-me amb més calma un parell d'articles força interessants que surten aquí –un altre cop, ja li estava traient suc a la *bola* aquesta del treball.

–Que potser vols dir que no es pot treballar de gust a la meva biblioteca? –va interrogar-me la Rosario arronsant el front i posant molt d'èmfasi en això de «meva»–. Doncs mira, nano, ja t'ho faràs! perquè la revista no te la pots endur. Si vols, allà tens la fotocopiadora.

–Però és que jo necessito endur-me...

–Vint pessetes la fotocòpia –va interrompre'm somrient amb malícia.

Dissimuladament, sense que se n'adonés la bibliotecària, vaig comprovar si duia els vint durets a la butxaqueta petita del pantaló. No he entès mai per què a les biblioteques val tant fer fotocòpies. A més a més, tant li costava a ella deixar-me treure la revista? Al cap i a la fi jo era un dels pocs «clients habituals» d'aquell antre. A veure si el que volia és que no ho fos tant, d'habitual...?

Decidit a copiar l'article de dalt a baix, vaig tornar a la taula on tenia la motxilla amb les meves coses. Vaig treure el bloc de notes on tenia la informació que havia obtingut en la visita a l'oncle Enric, també vaig treure uns quants fulls, i dos retoladors de colors diferents, d'aquests fosforescents. Així, amb tot aquest desplegament sobre la taula, vaig iniciar la meva petita recerca.

Primer vaig decidir llegir-lo, a veure què era el que podia entendre de tot aquell text de lletra menuda. Era llarg, però vaig fer l'esforç titànic de llegir-lo tot, i és que quan t'interessa una cosa...

Aquelles primeres pàgines explicaven el mecanisme d'infecció del virus, que per cert allà en deien VHI en lloc de VIH. Vaig pensar que potser eren les inicials en anglès, com que els anglesos ho diuen tot a l'inrevés de nosaltres...

En vaig rellegir una part i gràcies a les explicacions de l'oncle Enric ja em trobava familiaritzat amb els limfòcits, la càpsida, la informació genètica i moltes altres coses que ara anava llegint. Però amb l'exemple de la nou, l'oncle s'havia passat, la veritat és que veient les il·lustracions, aquell virus no s'assemblava pas a una nou...

El que no sabia és que hi havia uns limfòcits que

s'anomenaven T4 que eren molt importants per tal de protegir-nos de tota mena de microbis, i tampoc no sabia que existien dues menes de virus de la sida: el VIH-1 i el VIH-2 i que, a més a més, tenien una gran capacitat per canviar i que per això era tan difícil d'obtenir una vacuna.

Amb el que acabava de llegir i amb el que m'havia explicat l'oncle, ara podia començar a lligar més coses. Vaig apuntar aquestes noves informacions al bloc de notes, i també vaig fer-hi un petit dibuix del virus. Que n'era de lleig, el malparit! Vaig continuar llegint. L'article continuava amb un parell de planes on es parlava del desenvolupament de la infecció i de les seves fases.

Em va fascinar i alhora impressionar la lectura d'aquesta part de l'article. Una vegada s'havia introduït a l'organisme, el virus infectava determinades cèl·lules on es reproduïa molt ràpidament i al cap de poques setmanes podia provocar uns símptomes semblants a un refredat fort o a una grip. Després es donava una resposta de l'organisme, que havia començat a produir anticossos contra el virus, de manera que el nombre de VIH descendia gairebé fins desaparèixer. El virus quedava com adormit dins les cèl·lules. Aquesta fase, amb gran quantitat d'anticossos a la sang i amb pocs virus, rebia el nom de *fase asimptomàtica* perquè en la major part dels casos no es manifestava cap símptoma de la infecció. El més curiós és que aquest període podia durar molt, uns quants anys, i fins i tot hi havia persones infectades que encara no havien presentat cap símptoma. Segons l'article, al cap de deu anys de la infecció, la meitat de persones havien desenvolupat la malaltia, és a dir, havien començat a tenir símptomes característics: infeccions causades per microorganismes que a una persona sana no li farien cap mal, però que en tenir el sistema immunològic deteriorat produïen malalties que podien ser fins i tot greus. Allà anomenava aquelles infeccions com *infeccions oportunistes*. Era aquesta destrucció progressiva de les defenses de l'organisme la que podia produir finalment la mort.

Se'm va fer un nus a la gola mentre llegia allò. Ja no podia deixar d'imaginar-me el que li estava passant i el que probablement li passaria al Roman.

Vaig haver de llegir-m'ho un parell de cops. El meu problema era tot aquell llenguatge. Sort que encara tenia fresques algunes coses sobre la cèl·lula que havíem estudiat a l'insti...

Mentre llegia sentia un sorollet sota la taula que en passar la pàgina cessava, i després tornava a començar. Vaig mirar a sota, però només vaig poder veure una pila de llibres vells inclassificats que la Rosario segurament amagava allà per no llençar-los. Amb el peu vaig desplaçar-la una mica. De sobte vaig descobrir que tenia un company de fatigues que també menjava llibres! Un petit ratolí, molt més espantat que jo, era sota la taula, desprotegit del seu amagatall. Vaig mirar de tocar-lo amb la punta del llapis, però em va veure les intencions i va sortir com un llampec cap al revister. Aquell coneixia la biblioteca molt millor que jo!

Vaig continuar llegint l'article.

Allà deia que encara no es coneixia prou bé el mecanisme de control de reproducció del virus, que començava a multiplicar-se a partir de la infecció d'una manera lenta i progressiva, afectant especialment el sistema limfàtic ganglionar i l'aparell digestiu.

Em vaig tocar els ganglis del coll. Alguna vegada, especialment quan estava malalt, els notava inflats, però l'oncle sempre m'havia dit que era normal, que això era un senyal que el meu cos estava lluitant contra la infecció.

L'article finalitzava amb un apartat on explicava les perspectives dels diferents tractaments per combatre la sida. Explicava l'acció dels medicaments que interferien la reproducció del virus, parlava entre altres de l'AZT, el fàrmac que havia estat «delator» del Roman. Deia que actualment s'aplicaven còctels de medicaments que actuaven a diferents nivells, que tenien com a objectiu evitar la proliferació del VIH. Vaig anotar dos noms molts rars: *inhibidor de la proteasa* i *quimioquines*, amb el propòsit de preguntar a l'oncle Enric què volia dir tot allò i si al Roman el medicaven amb aquestes coses que sonaven tan estranyes.

L'article no deia res de les vies de contagi de la sida, encara que vaig tornar a revisar-lo tot llegint entre línies. No puc negar que em tenia encuriosit la manera com es podia haver contagiat el Roman, però ara buscava aquesta informació per una altra raó: «la informació és poder». Vaig entendre de seguida que el petit virus maliciós jugava fort, una cosa així com una lluita a vida o mort. Així doncs, si coneixia de quines maneres aquest virus podia arribarme, també sabria de quines maneres protegir-me'n.

Vaig rellegir les notes del meu bloc on tenia escrit el que m'havia explicat l'oncle sobre les vies de contagi de la sida. Les vaig destacar amb el retolador fosforescent groc:

-Contacte sang-sang.

-Mantenint relacions sexuals sense protegir-se amb un preservatiu.

-Possibilitat que una mare infectada contagiï el fill durant l'embaràs o el part.

Remenant papers com ara feia i amb tota aquella agitació segurament devia donar la impressió que estava fent un descobriment important, perquè fins i tot la bibliotecària es va aixecar a xafardejar. Ho va fer amb tan poca discreció com va poder. Va fer veure que anava a buscar un llibre just darrere la taula on jo treballava. De reüll vaig veure com estirava el coll i de sobte vaig agafar la revista amb les dues mans, elevant-la i canviant l'orientació respecte a ella, de manera que des d'aquell angle ni el coll més superdotat podria recargolar-se per veure-la. En notar que ella canviava de posició vaig tancar la revista amb naturalitat i em vaig posar a escriure notes al bloc. Aviat la Rosario es va cansar de fer el ridícul i va tornar a la seva posició, estarrufada a la seva cadira i amb cara de mala llet. Es va quedar amb les ganes de saber el veritable motiu del meu interès...

Havia decidit gastar els vint duros que portava fotocopiant els fulls més interessants de l'article, és a dir les planes on sortien les fotos, els dibuixos i el gràfic. Vaig veure que la Rosario s'aixecava, i com si hagués endevinat els meus pensaments, es dirigia a tota pastilla cap a la fotocopiadora, probablement a desconnectar-la.

–Un moment, voldria fer un parell de fotocòpies! –vaig dir-li amb un to de veu que fins i tot a mi em va sorprendre.

–Portes calés? –va interrogar-me la bibliotecària.

Em vaig aixecar de la cadira i en passar per la seva taula vaig deixar caure la moneda de cent, de manera que va tintinejar sobre la fusta.

–Faré cinc fotocòpies –vaig dir sense dirigir-li la mirada.

En acabar de fer les fotocòpies vaig tornar a la taula per seguir treballant. Per un moment vaig quedar-me com encantat, mirant com un badoc la fotocòpia d'aquelles rodonetes malèfiques que tan de mal podien arribar a fer. A hores d'ara –pensava– la sang del Roman deu ser plena d'aquesta cosa que amb tanta facilitat es reprodueix i li va destruint les defenses. De sobte vaig passar els fulls enrere, vaig sentir una sensació de tranquil·litat en veure les rodonetes al seu lloc. Quina bajanada!, com si el fet que la fotografia no s'hagués mogut m'assegurés que no m'havia de passar res.

Recordava les paraules de l'oncle: «...té minvada la capacitat per produir anticossos, i per tant està exposat a contreure més malalties infeccioses.» Per això el Roman no parava d'enxampar coses, com aquella complicació respiratòria.

Però, i el gangli que té sota el coll i que va donar els primers indicis a l'oncle? No ho sé... o potser sí que ho sé. Els ganglis s'inflamen quan hi ha una infecció, és clar, tot lliga!

Per primera vegada en la meva vida d'estudiant vaig tenir la sensació que estava fent les coses bé.

Però de cop i volta els llums van començar a apagar-se i encendre's rítmicament. Em va recordar el súper de sota casa, quan a l'hora de tancar avisen els clients que vagin acabant de fer les compres.

–Nano, ja és l'hora de tancar –va dir la Rosario prement rítmicament l'interruptor.

–Un moment que torno la revista al seu lloc –vaig dir per guanyar uns instants i acabar d'anotar un parell de coses.

El cert és que el temps havia passat volant, vaig mirar per l'única finestra que deixava passar llum natural a la biblioteca i vaig adonar-me que era ben fosc. Em vaig alarmar, ja pensava que havia deixat una altra vegada plantada la Marina, però vaig recordar que finalment aquell dia no havíem quedat: l'endemà ella tenia un parell d'exàmens i volia estudiar. Cony d'exàmens...

–Bona nit senyora Rosario –vaig tenir la temptació de dir-li senyoreta, però encara no m'interessava que m'odiés del tot.

–Adéu nano –va dir ella mentre es posava l'abric sense dirigir-me la mirada.

Vaig estar a punt de dir-li que els ratolins de la biblioteca també es treballaven els llibres que Déu n'hi do, però vaig pensar en el meu col·lega de sota la taula i en la dosi de mata-rates que segurament s'empassaria aviat si el delatava. Vaig decidir guardar el secret.

En sortir de la biblioteca vaig seure en un banc amb la malsana intenció d'observar la Rosario quan sortís. Volia veure-la sense ser vist i poder-me esplaiar de gust. No va trigar gaire, portava un abric taronja que es podia distingir des de quilòmetres de distància i les seves sabates eren ben cursis, suposo que devien ser un model dels anys seixanta, que es devia resistir a llençar.

Vaig seguir-la amb la mirada. El monyo aguantava el moviment descompassat de la molt bruixa. Segur que portava laca fins a les orelles.

Jo que pensava que com més en sabés, millor em sentiria...

Mai no t'ha passat que hi ha un munt de coses que vols saber però tot se t'amuntega a sobre? Camí de casa vaig començar a pensar com podria pair tota aquella informació: el fragment del diari del Roman, la xerrada amb l'oncle, les anotacions del bloc, la de les fotocòpies, tots aquests noms i dibuixos...

Demà mateix li preguntaria al profe de natus algunes coses. Havia de pensar primer com fer-ho, com si fos una cosa natural i sense mostrar gaire interès, no fos cas que algú sospités.

Prop de la biblioteca hi havia el bar del Roman; no m'agafava de camí cap a casa però vaig decidir passar pel costat per pura curiositat. Em vaig endur una sorpresa ja que estava tot tancat i barrat, i encara no eren ni les nou del vespre! A sobre el bar, dues finestres del piset on viu la família del Roman tenien llum. Eren a casa, però el bar estava tancat. Jo no sé què pensaries tu d'això, però pel meu cap van desfilar en un moment un munt de suposicions... que n'estaria de content el profe de ciències si veiés la meva capacitat de formular hipòtesis!

Capítol VI

Sols a casa

Hi ha una cosa que sempre m'ha molestat de la gent gran: esperen moltes coses de tu, t'exigeixen responsabilitat i maduresa, però quan intentes saber més coses i ser com ells, sempre et tracten com un nen.

Quan anava a l'escola ens passava el mateix. L'Aleix, l'Adrià, el Marc i jo, com d'altres suposo, teníem molt interès a saber com es feia això de sortir amb una noia i, fins i tot, volíem saber com es feien els petons de rosca. Però aquests punts no estaven en el temari del profe de natus, i la tutora també es desentenia del tema. En aquell moment se me'n fotia com es reproduïen les plantes, o com s'ho muntaven els espermatozoides per trobar l'òvul. El que volia saber realment era com trencar el gel amb una noia que t'agrada, però que et paralitza de por. La veritat és que és un tema envoltat de misteri. El misteri el fa excitant, però alhora et fa anar més perdut que un esquimal al desert. Sigui com sigui, t'espaviles i te'n surts.

De vegades els nois em fan conya amb la Marina i em pregunten d'una manera una mica grollera si ja he fet l'amor amb ella. Jo em faig el boig i sempre em perdo en divagacions. No em dóna la gana dir que encara no ho hem fet, i la veritat és que me'n moro de ganes. Però… et diré una cosa, encara que la resposta fos afirmativa, això seria una cosa de la Marina i meva, i em guardaria molt bé d'escampar-ho.

Potser ho podria confiar al Marc, perquè em fa la impressió que ell ja ha passat per l'experiència, i en canvi té un comportament ben discret.

En el fons actuo com si em fes vergonya reconèixer que encara sóc verge. No hauria de ser així, però de vegades em sento pressionat per l'Adrià i els seus comentaris. Com diu la Marina, els altres no n'han de fer res, i si no van decidir el dia que ens havíem de fer el primer petó, tampoc no han de decidir a quina edat hem de fer l'amor.

A fer punyetes!, tant se val el que pensin els altres...

Era dissabte i aquell dia la Marina i jo vam baixar a Barcelona a veure una pel·lícula. Feia força temps que no anàvem al cinema, exactament dues setmanes. Quan s'acaba la pel·li tenim el costum de discutir una mica. A mi m'agrada punxar-la una mica criticant el *guaperas* que fa d'actor principal, per exemple. Llavors ella comença a criticar la noia de la pel·li... Al cap i a la fi sempre acabem rient-nos de la situació una bona estona. Gairebé sempre coincidim, però, en si la pel·li ens ha agradat o no.

Anàvem buscant un lloc agradable per sopar –la Marina diu que amb un *frankfurt* o un *biquini* i un bon suc de taronja ja en té prou, però jo sempre em quedo amb gana–. Vam anar a un lloc on ens havien dit que feien uns entrepans per llepar-se els dits.

Havent sopat ens hauria agradat molt anar a algun lloc a escoltar música i prendre alguna cosa, però entre el cinema i els entrepans ens quedaven tot just els calés per agafar el tren de tornada.

–Hauríem de baixar més sovint a la ciutat, no ho creus? –va dir-me, camí de l'estació.

–No ho sé... al poble tampoc s'hi està tan malament –vaig protestar jo.

–Però és un pal, no hi ha cinema... i a més a més, on hauríem menjat uns entrepans com aquests?

–Jo no els faig tan dolents. Recordes aquell d'anxoves? –vaig dir-li amb un somriure irònic als llavis.

–Potser et refereixes a aquella ocasió que vaig haver de beure aigua tot el dia i part de la nit? –va puntualitzar la Marina mirant-me als ulls amb malícia.

–Mira, si arribo a saber que t'agradaven tant les anxoves avui t'hauria convidat a casa a sopar. Estic sol, saps? –vaig dir-li amb el to més seductor que tenia, que és ben poc, per cert, mentre l'agafava per la cintura i l'acostava cap a mi.

–Per què no véns? Podríem veure quina pel·li fan aquesta nit.

–Ja n'estic una mica farta de pel·lis per avui, tu no? O potser t'has adormit al cinema, especialment quan sortia la Daryl Hannah?

–No comencis una altra vegada, eh? A més a més, ja saps que a mi no m'agraden les rosses... –vaig dir fent un gest com traient les urpes alhora que feia com si li esgarrapés la cabellera negra.

No sé per què, però en aquell moment es va produir un silenci que només la Marina va tenir el valor de trencar.

–Vinga Aitor, per què no ho dius clarament?

–Em sembla que no cal... quan et poses així sembla que no tinguis ganes d'estar amb mi!

–No és això Aitor, però una vegada la teva mare ja ens va enxampar i a cap de les dues ens va fer cap gràcia. Això de no tenir un lloc on estar tranquils és un pal.

–Vinga dona!, que la mare ja no me n'ha tornat a dir res –vaig apressar-me a contestar-li–. A més, si és per tranquil·litat, et puc assegurar que ara no hi són, i que no tornaran fins demà al vespre.

La veritat és que la pel·li no m'importava gens ni mica, jo el que en realitat volia era que ella vingués a casa. Els pares havien marxat convidats de cap de setmana a casa d'uns amics i no tornarien fins diumenge al vespre. Quan ella va dir d'anar al cinema, jo vaig estar a punt d'insistir d'anar a casa, però no sé com s'ho fa que sempre se surt amb la seva, aquesta Marina.

Fa un parell de mesos la mare ens va enxampar arrapats fent-nos un petó –i alguna coseta més–. La mare va fer com si no passés res. Però al vespre, a l'hora de sopar, ella i el pare –que és molt més carca– em van dir que no estava bé això de portar a casa la Marina per fer aquelles coses, i que no volien que es tornés a repetir. Em van explicar no sé què del que els haurien fet si els seus pares els haguessin descobert fent aquelles coses quan tenien la nostra edat, etc. Com veus, em van clavar un sermó d'aquests que foten els grans.

Naturalment no li he dit mai res d'això a la Marina... però ella sempre s'ha ensumat que hi havia hagut marro. Des d'aquell dia, sempre evitava pujar a casa.

–Tenir la casa per a nosaltres no ho és tot! –va dir ella com si jo no entengués alguna cosa–. Tu..., tu realment ho tens clar?

–Però Marina –vaig saltar emprenyat–, que no ho veus que estic penjat de tu i tinc unes ganes que em moro de...

–Apa tio! que jo no et pregunto això –va tallar-me

ella–. Et preguntava si penses que realment ens ha arribat el moment.

–No ho sé –vaig fer tot desanimat–, ara mateix ja no sé si tinc ganes de res.

No m'ho vaig pensar dos cops i ho vaig deixar anar.

–Tal i com estic ara mateix, abans se li aixecaria a un mort...

La Marina es va quedar sorpresa de la meva exclamació, i quan semblava que el seu front s'anava arrufant presagiant la tempesta, va esclafar a riure i em va fer un petó llarg i profund. Gràcies a això, vaig descobrir que jo encara no estava mort...

De sobte la situació va donar un tomb i vaig saber que a tots dos ens havien vingut ganes d'estar junts.

Jo no sabia gaire què passaria en arribar al poble, però desitjava amb tot el meu cor que la Marina vingués a casa amb mi. No vaig voler espatllar-ho preguntant-li res, així que vam gaudir del viatge tot buscant uns seients apartats i ben protegits de les mirades curioses.

I així com qui no vol la cosa, en el lloc més insospitat i sense cap tipus de planificació, les ganes d'estar junts ens venien a veure.

La Marina, que sap com tornar-me boig, m'anava fregant la cama amb el peu, i anava pujant des del turmell fins a dalt amb tanta delicadesa i lentitud que matava de desig el més pacient.

El viatge se'ns va fer etern, però era una agonia deliciosa, no tenia ganes que s'acabés mai... De sobte la Marina em va clavar una puntada de peu i em vaig posar més recte que un pal d'escombra. Sort que em va avisar, perquè dues iaies venien cap a nosaltres disposades a compartir els seients.

El que ens restava de camí el vam passar mirant-nos vermells com tomàquets i amb un somriure de complicitat a la boca. De tant en tant jo apartava els ulls dels seus i l'anava repassant amb la vista de dalt a baix, tot cuidant que aquelles dues distingides iaiones no s'adonessin de res.

Ja estàvem arribant a la nostra parada. A l'anterior, un munt de gent jove havia pujat i tota una barreja d'olors i aromes perfumats ens van entrar pel nas. No puc entendre la mania que té alguna gent de creure que lligarà més si substitueix la seva olor per una altra... Vaig recolzar el cap sobre el de la Marina i vaig inspirar profundament la seva fragància per tractar de desfer-me de tota aquella munió de flaires.

El meu benestar es va esvair en sentir els grinyols de les rodes en frenar. Vaig sacsejar una mica la Marina, que se m'havia endormiscat a l'espatlla.

–Vinga nena que ja hem arribat! –vaig dir-li tot sabent que la mosquejava força que li digués nena.

–Buf, quina son... –va arribar a protestar la Marina mirant-me amb ulls mandrosos–. Sort que demà no hem de matinar per anar a l'institut...

–No hem de matinar...? Amb aquest «hem» potser vols dir que ens llevarem junts? –vaig dir jo agafant-la per les espatlles mentre buscava la seva boca amb la meva.

La porta automàtica es va obrir i això ens va esguerrar el petó.

En baixar del vagó vàrem notar la diferència de temperatura. L'aire de la nit era fred i humit. El cel estava tapat, no es veia cap estel, i només s'entreveia una claror confosa entre els núvols que tapaven la lluna.

–Fixa't, allà hi hauria d'haver la lluna rodona i blanca com un fanal, estem en lluna plena, saps? –vaig dir-li, tot assenyalant amb un dit la negror del cel mentre caminàvem agafats per la cintura.

–Doncs haurem d'anar amb compte amb l'home llop, oi que ara m'acompanyaràs a casa Aitor? –va dir la Marina.

–Ho dius de debò? –vaig dir amb un to una mica mosca.

–El què: el que t'he dit de l'home llop, o que m'acompanyis a casa? –va dir ella.

–No saps que si la lluna està tapada pels núvols els homes llop no surten? –vaig improvisar per sortir del pas.

Estava segur que ella tenia tantes ganes com jo d'estar junts aquella nit, però no em semblava adequat plantejar-ho així directament. El meu instint em deia que havíem de seguir jugant al gos i al gat i que, a més a més, havia d'anar molt amb compte amb el que deia si no ho volia espatllar tot. Sobtadament, de reüll, vaig veure la claror d'un llamp. La tempesta no trigaria a arribar. Vaig entendre el que havia de fer… només calia guanyar temps fins que arribés la pluja.

–Què et sembla si abans que t'acompanyi a casa fem un volt pel monestir?

–D'acord, però un volt curt, començo a tenir fred de debò i força son –va dir la Marina posant especial èmfasi en això de curt.

–Serà tan curt com vulguis, però si t'ho estimes més podem anar directament a casa teva, que la teva mare no passi ànsia –vaig dir sabent que portar la contrària a la seva mare era un dels costums preferits de la meva xicota.

Ella no va dir res i va començar a caminar, però jo estic convençut que reia d'amagat.

De sobte l'aire va canviar: després d'uns moments de completa calma va començar a bufar fort. Les fulles caigudes dels oms vells de la senda que portava al monestir van començar a tornar-se boges, enlairant-se i fent remolins. Un llamp, seguit d'un tro potent i curt, va anunciar la tempesta imminent.

Va començar a caure el xàfec que jo feia estona que esperava. Ens vam cobrir tots dos amb el meu tabard impermeable. El portàvem obert al nostre damunt, com dues ales, mentre arrencàvem a córrer desfent el camí cap a l'estació.

De ben poc va servir el tabard, el fort vent feia que la pluja vingués per totes bandes i ens mullés per davant, per darrere, per sota i pels costats. Vam arribar a la rambla, se n'havia anat la llum i l'estació era a les fosques. Els trens segurament no devien funcionar. Seguíem corrent encara que no tenia gaire sentit ja que ens mullàvem encara més. La Marina va fer un gir brusc i es va ficar a l'entrada-aparador d'una sabateria amb uns llums de colors que s'encenien i s'apagaven alternativament.

Estava molt bonica, tota xopa, els cabells amarats completament li queien de forma irregular per la cara i li regalimava l'aigua per les galtes. Això em va excitar. El meu aspecte devia ser més penós, o graciós, perquè la Marina va començar a riure sense parar, mirant-me la cara. Vaig perdre l'excitació i també vaig començar a riure.

–Tinc un fred horrible –va dir la Marina abraçant-me i enfonsant-me la cara al pit.

–Anem a casa meva, allà podem canviar-nos i t'eixugaràs la roba –vaig dir jo sense donar-li gaire opció a resposta, ja que vaig tornar a posar el tabard a sobre nostre en posició alada i gairebé vaig arrossegar la Marina novament sota la pluja.

Vaig obrir la porta silenciosament, com si temés que hi hagués algú dins. Eren dos quarts d'onze i, si res no havia canviat, els pares eren fora tot el cap de setmana.

Vam deixar el rebedor tot mullat. Em vaig treure les sabates xopes i vaig indicar a la Marina que s'esperés allà. Vaig tornar al rebedor amb el meu barnús i unes xancletes.

–Té, és el meu, potser t'anirà un pèl gran. Jo em posaré el del pare, però abans vaig a encendre la llar de foc. Ah!, pots penjar la roba a la barra de la cortina de la dutxa –li vaig dir assenyalant la porta del bany mentre jo anava a l'exterior, on teníem una mena de claraboia per guardar la llenya.

Vaig anar a la meva habitació i vaig despullar-me ràpidament. El barnús del pare era a la seva cambra, em vaig eixugar amb el mateix barnús, me'l vaig posar i vaig anar cap a la tauleta de nit del pare. Abans d'obrir el calaix vaig dubtar uns instants. El vaig obrir: ja estava fet. Vaig agafar la caixa de preservatius, i assegurant-me que n'hi haguessin uns quants, me la vaig posar a la butxaca del barnús.

Un parell de fulls de diari sota un parell de troncs d'alzina, uns quants branquillons ben col·locats i un grapat de pinyes de pi blanc van calar foc en pocs instants.

La Marina encara no sortia del bany, què devia estar fent?

–Estàs bé? –vaig preguntar atansant-me a la porta.

No hi va haver cap resposta, però vaig sentir el soroll que l'aigua fa quan algú s'està dutxant.

A la cuina hi havia alguna llauna d'olives i un parell de bosses de patates. Vaig treure dues llaunes de cola de la nevera. Ho vaig posar tot en una safata i vaig seure a les fosques al mig de la catifa, enfront del foc, que ja tenia unes bones dimensions i escalfava tota la sala. De tant en tant les flames deixaven anar un espetec i saltaven guspires que tornaven a ser engolides pel foc. Des de petit sempre m'havia agradat contemplar-lo, era una sensació indescriptible. De fet era un cúmul de coses, la visió de la dansa de les flames, el color dels reflexos, l'olor del fum, el so de la llenya en cremar-se, l'escalfor que irradiava..., per a mi era un còctel de sensacions que tenia com a resultat una mena d'hipnosi.

Quan estava més hipnotitzat pel foc, vaig notar que la Marina s'asseia al meu costat. Portava posat el meu barnús.

–M'he dutxat amb aigua ben calenta, per entrar en calor. Ho sento si t'he fet esperar, però crec que ja estaves ben acompanyat –va dir la Marina mirant fixament el foc.

–Bé, ara ho estic molt més, d'acompanyat. Et ve de gust una cola? –vaig dir-li aixecant la safata.

–No, em ve de gust una altra cosa –va dir amb veu molt baixa.

–Com ara què?

Va callar.

Vaig apropar-me lentament a ella. Ens vam quedar tots dos amb la cara molt a prop l'un de l'altre. Sentia la seva respiració, lenta, i una part de la seva cara es veia tènuement il·luminada per les flames, amb uns tons vermellosos i efímers. L'altra, oculta per la foscor, realçava aquesta aura de misteri que sempre ha tingut la Marina. Vaig tirar enrere delicadament els cabells que li queien per la cara i vaig besar-la amb molta suavitat als llavis, mentre feia lliscar una mà per sota el barnús acariciant-li l'ansa del coll fins arribar a l'espatlla. Ara sí que no seguia cap pla.

Ella es va deixar caure lentament enrere mentre jo procurava no perdre el contacte de la seva boca amb la meva. De sobte, un espetec del foc em va sobresaltar lleugerament, però ella va mantenir el control absolut del seu cos. Vaig desfer el nus del seu barnús i amb l'altra mà li vaig acariciar una de les cuixes. Era càlida i ferma. La Marina també tenia una mà dins el meu barnús i la passejava acariciant els pocs pèls que tinc al pit. L'altre braç el mantenia tirat enrere esmunyit entre els seus propis cabells estesos sobre la catifa.

Vaig enretirar-li tot el barnús. Era la primera vegada que la veia completament nua; sota la llum de les flames era encantadora. Jo, en lloc d'estar serè, tremolava d'excitació com una fulla. A fora, un tro em va fer tornar a la realitat. La Marina tenia els ulls tancats i jo feia massa estona que la contemplava. Em vaig desfer del meu barnús, és a dir, del del pare, lentament per a no fer-me un embolic, i vaig inclinar tot el cos cap a ella. El contacte amb aquella pell tèbia i l'olor que feia el cos de la Marina va ser una sensació que mai no oblidaré. Vaig començar a petonejar-la lentament. En arribar als pits i besar-los amb suavitat va passar quelcom que no esperava. Els mugrons es van posar ferms i vaig notar el seu cos que s'arquejava lleugerament. Vaig sentir que la Marina deia alguna cosa que no vaig entendre. En aquests moments es va incorporar i es va girar la truita perquè ara era jo qui estava estirat a terra i ella a sobre meu. Em besava profundament, i m'acariciava el cap i una espatlla. Va passejar els llavis molt lentament per tota la cara i va continuar coll avall. En arribar als meus mugrons vam descobrir que és el lloc del cos on tinc més pessigolles. I en aquest precís moment va començar un nou joc: el de les pessigolles i les rialles.

Finalment es va convertir en una lluita aferrissada on les mans i la boca eren les armes que més utilitzàvem. Com que sóc més fort, jo tenia avantatge, així que ella es va inventar una nova regla.

–Només s'hi val amb la boca!

–Molt bé! Doncs les mans agafades enrere! –vaig dir jo acceptant el repte.

Vaig descobrir que el melic era el seu taló d'Aquil·les, però era de difícil accés i això em va costar un parell de cops de genoll a la barbeta...

Després de diverses xarrupades als meus mugrons, que em van fer patir d'allò més, vaig aconseguir atrapar-la amb una mena de clau feta amb les cames –sobre l'activitat de les cames no hi havia cap regla...–, de manera que la seva esquena va quedar sobre el meu pit i jo estirat a terra amb ella a sobre. Des de darrera vaig besar-li el coll, sense cap intenció de ferli pessigolles, fins arribar a l'espatlla. Va ser llavors quan vaig decidir trencar les regles del joc i tornar a acariciar-la amb les mans. Tal com estava vaig posar les mans suaument, des de darrere, sobre els seus pits mentre premia amb força el meu cos contra el seu. Vaig sentir per segona vegada com el seu cos s'arquejava rítmicament.

Va ser llavors quan em van venir al cap els condons del pare que havia posat a la butxaca del barnús.

De cop i volta em va agafar por. En fred n'havíem parlat moltes vegades, de fet feia temps que era un dels temes més freqüents de les nostres converses, però decidir-se a tenir relacions sexuals completes no era fàcil. Em vaig adonar que durant molt temps jo feia veure que només era un problema d'ella, i mirava de convèncer-la, però en realitat a mi també em feia respecte la primera vegada.

–Marina, tinc condons. Què et sembla si els fem servir? –vaig deixar anar de sobte alhora que em situava enfront d'ella molt a prop per no perdre'm cap expressió del seu rostre.

La Marina va girar la seva cara cap al foc i es va quedar mirant-lo. No vaig poder interpretar res de la seva expressió, únicament la trobava terriblement preciosa. Va mirar-me molt seriosa, i quan jo esperava que em digués que ho deixéssim estar, que l'acompanyés a casa o quelcom així... va dir:

–Aitor... per què no m'ensenyes aquests preservatius?

Havíem sentit a dir que la primera vegada és desagradable, sobretot per a la noia. Però en el nostre cas no va ser exactament així, potser perquè prèviament havíem estat tanta estona jugant. No sé com ho vam fer, ni en recordo massa bé els detalls, però ens vam compenetrar prou bé. El que sí que recordo és que mentre ho fèiem no teníem cap sentiment de culpa ni de fer res mal fet. Ho vam repetir un parell de vegades més, fins a quedar esgotats, estirats sobre la catifa, cada vegada més a prop del caliu de la llar de foc.

–Creus que ho em fet massa aviat això de fer l'amor? Només tenim disset anys –vaig dir-li, mentre estàvem estirats molt junts mirant les restes del foc.

Es va fer un silenci més o menys llarg.

–No ho sé, però ens venia molt de gust a tots dos i segurament és perquè també ens sentíem preparats –va dir ella amb una fermesa que la feia molt més gran del que realment era.

–Saps Marina? –vaig deixar anar amb un fil de veu –, estava cagat de por.

–Ja ho sé –va dir-me ella–, hi ha hagut un moment que no sabia quin dels dos tremolava més.

Vam riure plegats.

–De veritat que no et sents malament, Marina?

–No. Crec que mai no podré esborrar aquest dia de la meva memòria. Però, em sembla que... –la Marina va dubtar per uns instants–, em sembla que ho anava endarrerint una mica perquè em feia por decebre'm.

–Decebre't?

–Sí, no ho sé, vull dir... com si tingués por que després la màgia s'esvaís o em quedés el sentiment d'haver-me equivocat.

–Creus que ens hem equivocat?

–Sí, n'estic segura.

Me la vaig quedar mirant fixament amb els ulls oberts com unes taronges. No sabia per què em deia això, però em feria profundament. Quan vaig començar a baixar els ulls la vaig sentir parlar mentre m'agafava la mà...

–Estic segura que ens hem equivocat, perquè ara sé que ens podíem haver estalviat tot el *mal rotllo* que hem tingut abans –vaig somriure molt satisfet i ella continuà–, i també sé que si existeix un moment adequat per fer l'amor per primera vegada, tu i jo l'hem encertat.

La Marina es va aixecar i al cap d'una estona va tornar amb la seva roba a la mà. La va estendre amb delicadesa sobre una cadira que va col·locar enfront del foc perquè s'acabés d'eixugar.

En aquell moment, observant com estenia la roba, vaig adonar-me que havíem establert un nou tipus de comunicació, com una mena de vincle afectiu, que a partir d'ara em feia veure la nostra relació, i la Marina, d'una altra manera.

Vaig decidir que era el moment de fer-li saber el secret. D'explicar-li tot el que jo sabia sobre el problema del Roman: el seu diari, el que estava succeint amb els companys de l'equip, la conversa amb l'oncle i la meva investigació a la biblioteca.

Ella m'escoltava i m'anava fent preguntes. Jo entenia la seva curiositat i, sobretot, agraïa que intentés dissimular la seva sorpresa. De vegades veia com movia el cap assentint i es mossegava lleugerament el llavi de sota, com si entengués alguna cosa que ja tenia dins i sobre la qual ja havia pensat.

Jo no li ho estava explicant tot per justificar l'actitud que havia tingut amb ella els últims dies, ho feia perquè havia sentit l'impuls d'explicar-l'hi, de compartir-ho.

Vaig anar a buscar les fotocòpies de l'article sobre la sida a la meva cambra, les tenia a la carpeta de l'institut, on sabia que a ningú no se li acudiria mai mirar. Vaig obrir el llum per ensenyar-li els fulls. Ella va observar detingudament els esquemes i les fotografies i em va demanar si no em sabia greu de llegirli en veu alta els fragments de l'article que havia fotocopiat.

–Realment estaves molt estrany, ara ho puc entendre –va dir la Marina.

–No t'enfades perquè llavors no t'ho vaig explicar?

–Ves! ara ho estàs fent, a més, em sembla que jo m'hagués sentit com tu, amb una responsabilitat molt gran–. Estàs segur –va seguir preguntant la Marina– que això només s'encomana si...?

–Ja t'ho he explicat, a través de les relacions sexuals en les quals no s'utilitza... –vaig treure de la butxaca del barnús la capsa de condons del pare– o bé a través de la sang, és a dir, sempre que la sang infectada entri en contacte directe amb la sang d'una persona que no té el virus, i...

–Però –em va interrompre la Marina–, per què diuen que els drogoaddictes són els que més ho agafen?

–No n'estic segur, però em penso que poden quedar restes de sang a la xeringa i, si la comparteixen, llavors s'injecten droga i una mica de sang. De tota manera tu i jo podríem infectar-nos si compartíssim una xeringa amb una persona infectada, i cap dels dos som drogoaddictes.

–Saps? –va dir-me la Marina–, no ho havia pensat mai això, en realitat... la sida no em preocupava i mai no se'm va acudir que em pogués afectar a mi o a algú altre que jo conegués.

–A mi tampoc, però em fot tant que l'hagi enxampada el Roman...

–I el teu oncle? Què en diu ell, de tot això? Creu que el Roman pot curar-se?

–Ell diu que el Roman ho porta força bé i que si segueix amb les revisions periòdiques i un tractament adequat podrà mantenir una certa qualitat de vida. Però no se sap mai. Hi ha gent que pateix complicacions que es presenten de la nit al dia, i d'altres que estan força temps, fins i tot anys, sense presentar símptomes. El més important és portar un bon seguiment i evitar que la malaltia guanyi terreny.

–Per a la Carme també deu ser molt dur –va afegir la Marina–. Saps si ella...?

–No, Marina. Ella no corre cap mena de perill.

Llavors li vaig explicar allò que em va dir l'oncle sobre el fet de no poder prendre píndoles i que ella i el Roman usaven preservatius des de feia força temps.

–A més a més, ella té un aspecte molt saludable, ben diferent del Roman –va dir la Marina.

–L'oncle diu que això no vol dir res, que hi ha persones que semblen estar sanes però que també poden ser seropositives.

–Malaltes, vols dir? –va corregir-me la Marina.

–Crec que no vol dir el mateix. Ets seropositiu quan el teu cos ha començat a fabricar anticossos contra el virus de la sida. En canvi, una persona està malalta de sida quan apareixen els símptomes que abans t'he explicat. És a dir, pots ser seropositiu sense estar malalt. Entens la diferència?

Ella va fer que sí amb el cap.

Sentia que m'havia tret un pes de sobre en compartir el meu secret amb la Marina, però aquella conversa ens estava posant tristos, així que m'hi vaig acostar i la vaig abraçar molt fort.

–Vols que parlem d'una altra cosa? –li vaig preguntar mentre la mirava d'una manera maliciosa.

–Ben mirat m'agradaria canviar de tema... –va fer ella.

Hi havia un detall que havia passat aquella nit, que em tenia força intrigat. Sospitava que la Marina, quan havíem baixat del tren, també tenia un pla per venir a casa, encara que jo crec que ho havia amagat força bé. Vaig decidir fer-li una pregunta per saber-ho.

–Digue'm la veritat Marina, quan estàvem passejant per la rambla que du a l'estació, has vist aquell primer llamp, gairebé una llum imperceptible, que presagiava la tempesta?

La Marina se'm va quedar mirant, i abans que jo endevinés la resposta estudiant la seva expressió, em va besar els ulls, l'un després de l'altre. Va continuar molt lentament seguint el perfil del nas fins arribar a la boca, allà es va aturar més temps. El llavis humits es van anar obrint per deixar pas a una llengua càlida i àgil que tenia un gust molt especial.

Era la seva resposta. Jo sospitava que ella també havia vist el llamp i per tant era còmplice en el meu pla de mullar-nos plegats amb tot el que va venir a continuació. Mentre ens besàvem vaig adonar-me que aquella noia sempre estaria avançada als meus pensaments, que allà on jo anés, ella sempre ja en tornaria.

Era tard, les dotze tocades. La Marina segur que tindria sarau a casa.

–Vols trucar a casa? –vaig dir assenyalant el telèfon.

–No, si no hauria de donar explicacions per telèfon i prefereixo fer-ho cara a cara –va dir ella pujant la barbeta amb un gest molt seu.

Vam sortir de pressa de casa. Ja no plovia ni feia

tan fred com abans, o almenys jo no el sentia. De camí cap a casa la Marina, vam passar pel bar del Roman. Ella va afluixar la marxa, fins i tot va estar a punt d'aturar-se davant la porta. No hi havia gens de llum a aquelles hores.

–No et fa una mica de por? –va dir la Marina.

–Què vols dir? Si tinc por que em contagiï? –vaig contestar-li una mica confós.

–No –va dir ella–, això, després de tot el que m'has explicat i hem llegit, ja és força clar..., vull dir si no et fa por per les conseqüències que pot tenir que la notícia s'escampi i tothom acabi sabent-ho.

No sabia què dir. Crec que des del començament vaig notar el pes de la por. Primer a sobre meu, però aquesta càrrega ja me l'havia tret de sobre i em sentia lleuger. La Marina tenia raó, tenia por del que creia que podria passar si molta més gent coneixia la situació del Roman.

De fet tenia por de la gent, de la seva actitud, de les seves reaccions i de les conseqüències que tindrien, més que no pas del virus.

Capítol VII

És millor que no em toquis!

Encara no puc creure que la Marina i jo hàgim estat junts. Quan hi penso és com un somni, com si estigués viatjant sobre un núvol. Però com sol passar, les obligacions ens fan aterrar de cop, i ara mateix estic creuant la porta del poliesportiu.

El partit del diumenge va anar millor del que pensàvem. Ens hi vam deixar la pell, potser perquè era un dia més especial que d'altres... Al final vam empatar, i mira que no és gens fàcil empatar jugant a handbol.

Avui és dimarts i l'entrenament és a punt de començar. El Roman ha arribat a l'hora i canviat. Es disposa a dirigir l'escalfament. Se'l veu molt millor que dies enrere, prou saludable, i sobretot, més animat.

Això m'alegra d'una manera especial perquè em sembla que deu haver oblidat l'episodi de les dutxes... o potser llavors no se'n va adonar?

–Acabarem l'entrenament assajant el sistema defensiu que vam treballar la setmana passada, aquell que fèiem en tres línies defensives, però vull que aquesta vegada defenseu de debò, d'acord?

Dit això, el Roman va organitzar dos equips i va indicar les posicions que ocuparia cadascú a la pista, va donar un parell de consignes al grup que atacava i al que defensava. A mi em va tocar anar amb els que atacaven, i havia d'ocupar la meva posició habitual, la de pivot. Ell es va posar darrere la porteria, des d'on es veu tot amb una perspectiva diferent. I nosaltres, uns atacant, i els altres defensant, intentàvem seguir les instruccions que ens havia donat.

De sobte el Marc, que estava atacant de lateral dret, va fer una finta aprofitant un bloqueig que jo vaig fer a l'Aleix, s'aixecà amb un salt prodigiós per sobre tothom i va clavar una canonada imparable. El Nacho, el porter, no va veure ni la pilota. El Roman estava darrere la porteria i va rebre la pilotada a la cara, ja que només posem les xarxes a les porteries quan juguem partits de competició.

–Perdona Roman! –va dir el Marc mentre anava cap a l'entrenador.

El Roman va quedar estabornit. Es recolzava amb una mà en un dels pals de la porteria i amb l'altre tapant-se la cara de dolor. Amb la pilotada, el llavi inferior havia anat a parar amb violència contra les dents. Sagnava amb abundància.

Tothom es va quedar al seu voltant, sense saber què fer, com passa generalment quan algú es fa mal a l'entrenament. Vaig anar corrents a la banda on teníem l'ampolla d'aigua perquè se'n pogués tirar un bon raig per netejar-se la cara de sang. També vaig arreplegar la farmaciola. Vaig acostar-me a ell i quan anava a agafar-li el cap per darrere per tirar-li l'aigua, el Roman va tenir una reacció sorprenent...

–És millor que no em toquis! Que ningú no em toqui! –va cridar enèrgicament, posant una cara que més aviat semblava de gos rabiós. Malgrat tenir el llavi fet pols, amb aquella expressió, tothom va entendre el significat dels seus crits.

Les seves paraules van tenir l'efecte d'una pedra quan es tira a l'aigua quieta, i tothom va fer dues o tres passes enrere, de la mateixa manera que s'allunyen les ones del lloc on la pedra impacta la superfície. Jo em vaig quedar com un estaquirot, petrificat, amb l'ampolla a la mà. A l'Adrià, que s'havia fet càrrec de la farmaciola se li van escampar totes les benes i altres potingues per terra, mentre es tirava cap enrere.

Van ser uns instants de tensió, i de la manera que el Roman ens mirava a tots ens va semblar que allò era una advertiment de perill.

El Roman va anar tot sol fins l'aixeta que hi havia fora dels vestidors, i durant una bona estona va deixar rajar força aigua per la boca i el rostre, fins que l'hemorràgia va minvar. Mentrestant, tots esperàvem a la pista, sense saber on anar, ni què fer. Finalment el nostre entrenador tornava cap a nosaltres, ho feia amb pas decidit...

Tenia tot el rostre i el serrell mullats, la cara estava vermella i els morros inflats que Déu n'hi do. La seva expressió, però, havia perdut aquella barreja de pànic i ràbia que vam veure tots, i ara tenia un posat serè. Fins i tot semblava que amagava un somriure irònic sota aquell llavi inflat que ara li tornava a sagnar lleument.

–Bon llançament Marc. Encara que ha estat una llàstima per a mi que no l'hagis pogut aturar, Nacho –va dir desenfadadament dirigint-se als protagonistes de l'acció, els quals miraven cap a terra amb cara de circumstàncies.

–Bé, crec que per avui ja n'hi ha prou, ens veurem demà a la mateixa hora... –va dir el Roman.

Va tornar a l'aixeta a remullar-se la boca, i va marxar. Mentrestant nosaltres ens vam anar dirigint lentament cap als vestidors sense perdre detall del que feia el nostre entrenador.

Vaig despullar-me ràpid i vaig anar directament a la dutxa, les cames encara em tremolaven i tenia ganes de relaxar-me sota l'aigua calenta.

Sembla mentida les coses que m'arriben a passar pel cap quan estic sota la dutxa. A tu no et passa? Sempre em vénen les idees més bones, sembla com si l'aigua netegés el pensament i em fes veure les coses molt més clares.

Vaig recordar amb exactitud les paraules de l'oncle: «No heu de tenir cap por del Roman. No us pot contagiar la sida amb el contacte normal que té amb tots vosaltres. La sida només es contagia per contacte sang-sang, o mantenint relacions sexuals sense protegir-se amb un preservatiu, i també hi ha una petita possibilitat que una mare infectada pugui contagiar el seu fill durant l'embaràs o el part.» Contacte sang-sang, aquesta era la clau del comportament del Roman. Evidentment ell sabia el que es feia. Mirava que no el toquéssim per tal d'evitar contagiar-nos, en el cas que tinguessim una ferida oberta.

En sortir de la dutxa vaig trobar-me que l'Aleix i l'Adrià, mentre s'eixugaven amb la tovallola, parlaven acaloradament.

–No ho veus que hem estat tots en perill de mort? Imagina't que el Roman, com acostuma a fer, hagués estat jugant amb nosaltres i hagués topat amb tu... i s'hagués fet aquella sagnada... llavors què, eh? –va dir l'Adrià amb un to agre.

L'Aleix feia que sí amb el cap, tot pensatiu.

A la conversa, que era seguida per tot l'equip, ara va afegir-s'hi el Nacho.

–Mireu, jo aprecio el Roman, però m'estimo la vida i no estic disposat a jugar-me-la gens ni mica. Si després d'això el Roman continua com a entrenador jo no seguiré a l'equip. No podem exposar-nos que tingui un altre accident com el d'avui, i tampoc podem dir-li que no vingui aquí a dutxar-se, per tant, el millor és fer-li entendre que hauria de plegar.

–Molt bé. I això, qui l'hi dirà? Esteu segurs que és un perill per a nosaltres? –vaig dir molt seriosament–. No sé si us n'heu adonat, però ja fa temps que el Roman no participa activament en el joc, potser sap que ens podria posar en perill. I d'allò de la dutxa de l'altra dia més val no parlar-ne, jo n'estic molt avergonyit del que va passar. I sobretot ara, que sé que la sida no pot contagiar-se dutxant-se.

–I tu què saps? Com pots estar-ne tan segur, d'això? –va increpar-me l'Adrià.

–Ho he llegit –vaig contestar-li.

–Oh, és clar, i tu et creus tot el que està escrit, no? –va contestar-me l'Adrià amb sarcasme.

–Saps?, hi ha gent que ho estudia, això. Gent que en sap molt més que tu i que jo i que coneixen com es contagia el VIH –vaig afirmar amb seguretat.

–... el què? –va dir el Nacho.

–El VIH, el Virus de la Immunodeficiència Humana, és a dir el virus que provoca la Síndrome d'Immunodeficiència Humana, que és el mateix que dir la sida –vaig contestar tot de tirada amb un to una mica xulo.

–Vinga va! No siguis setciències i deixa de dir parides com si fossis un profe! Si tu te la vols jugar, fes-ho. Pel que fa a mi, no em tornareu a veure el pèl mentre el Roman vingui –va dir el Nacho mentre agafava la bossa d'una revolada i fotia el camp.

El vestidor va quedar en silenci, mentre tothom procurava acabar de vestir-se com més aviat millor. Vaig veure com el Marc es posava la samarreta amb l'esquena encara mullada, crec que es va posar el jersei a l'inrevés. Va sortir com si portés un coet al cul.

A fora ja era de nit. Feia un fred que pelava, i vaig posar-me la caputxa del xandall per tapar-me els cabells molls. Mentre caminava cap a casa, anava pensant en totes les coses que m'havia dit l'oncle Enric aquell diumenge que l'havia visitat a casa seva. No em podia treure del cap el que m'havia dit just abans d'anar-me'n: «...Quan la notícia de la malaltia del Roman s'escampi, que no ho dubtis, s'escamparà, llavors podràs veure realment el valor de les persones que envolten el teu entrenador. Però no les jutgis malament, ni a ell tampoc. La por i l'instint de supervivència ens fan fer coses que en altres condicions mai no faríem...»

Vaig desviar-me una mica del camí cap a casa, no sé per què però vaig sentir l'impuls de passar a prop del bar del Roman.

Encara era obert, vaig aturar-me a l'altre cantó del carrer de manera que des de dins ningú no em pogués veure. El bar semblava desert. Darrere la barra hi havia la Carme, semblava cansada i tenia la cara recolzada a les mans, mirant una tele petita que penjava en un dels extrems de l'establiment. En una de les taules hi havia la Laura, semblava que s'ho estava passant força bé dibuixant o fent gargots en un paper. De sobte, vaig veure el Roman que baixava del pis de dalt, portava una caçadora de cuir i va anar directament cap a un dels extrems de la barra, on hi havia un telèfon. La trucada va ser curta, una conversa de pocs segons, va penjar de seguida i dirigint unes paraules a la Carme, que era a l'altre extrem, va anar directament cap a la porta.

Ho hauria d'haver previst, ja que jo era a l'altra banda del carrer just enfront de la porta del bar per la qual en aquell moment sortia, ben decidit, el Roman. Em vaig quedar parat sense respiració, intentant confondre'm, aprofitant la foscor de la nit, amb l'arbre que tenia al costat. Vaig tenir sort que en lloc de creuar el carrer va seguir per la vorera contrària, com si tornés enrere en direcció cap el pavelló.

Vaig estirar la caputxa una mica més i vaig lligar fermament el cordill, tensant-lo per sota la meva barbeta. Bona part de la cara em quedava oculta, només en sortien els ulls, el nas i la boca fins a la barbeta. Vaig decidir seguir-lo a una distància prudencial.

El Roman anava amb un pas resolt, massa decidit per entretenir-se a mirar cap enrere, la qual cosa em facilitava seguir-lo. Jo aprofitava els arbres, els portals de les cases, els vehicles aparcats, els contenidors d'escombraries i qualsevol altra cosa que fes possible ocultar-me. El seguia a uns vint o trenta metres. Hi va haver un moment en què penso que va notar que el seguien perquè va fer com si mirés enrere i va apretar el pas, girant sobtadament cap a un carreró fosc.

Quan vaig arribar al lloc on havia girat esperava trobar-me'l allà mateix, amagat en l'obscuritat. Però el Roman estava justament arribant al final del carreró, i vaig veure com la seva silueta es retallava a la claror d'un fanal.

El camí que estava recorrent m'era força familiar i em va venir un pressentiment. Va girar cap a la dreta. La meva certesa augmentava. El meu cor s'anava accelerant per segons, i alhora començava a veure-ho tot més clar. El Roman va aturar-se davant d'un portal que jo coneixia prou bé. Jo estava amagat, a uns quinze metres, darrere un cotxe aparcat i a través dels vidres del vehicle no perdia detall del que passava.

Quan el Roman va trucar al timbre vaig sentir els lladrucs alegres de l'Otto que anava cap a la porta. El Dr. Escofet va obrir i el Roman va desaparèixer dins la casa de l'oncle.

Les sospites que van anar prenent cos a mesura que seguia el meu entrenador s'havien fet realitat. Ara no tenia cap dubte que aquella trucada curta des del bar l'havia contestada l'oncle Enric, i que segurament tot tenia relació amb l'incident de l'entrenament d'avui.

Allà ja no hi tenia res a fer, així que vaig descordarme la caputxa i vaig començar a refer el camí cap enrere per tornar a casa. La panxa començava a fer-me sorolls de gana, i després d'entrenar a mi sempre em ve de gust un bon sopar.

En passar per davant del bar del Roman gairebé vaig trobar-me de cara amb la Carme que estava netejant els vidres de la porta des de dins. Aquesta vegada no podia tirar-me enrere, i vaig lamentar haver decidit tornar pel mateix lloc...

–Hola Aitor! Què fas per aquí? Per què no entres? Vinga que fa força fred, et convido a un cafè.

–...Gràcies però és que jo no prenc cafè al vespre –la veritat és que no en prenia ni de nit ni de dia.

–Bé, doncs un got de llet ben calentó... ja veus que

no estic gens ocupada. A més a més acabo de posar la Laura al llit –va dir la Carme somrient, resignada, mentre assenyalava amb el cap les taules buides del bar.

No vaig saber dir que no i em vaig trobar assegut en un tamboret de la barra. No em vaig treure el xandall ja que a dins feia gairebé tant fred com a fora.

–Com ha anat l'entrenament? –va deixar anar la Carme mentre obria un *tetrabrick*.

–Ho saps? –només vaig contestar-li jo.

–Alguna cosa me n'ha explicat el Roman. Ell està força preocupat ja que no està segur si és convenient que segueixi sent el vostre entrenador. I ja saps la importància que té per a ell això... i ara més que mai –va dir la Carme oferint-me el got calent.

Jo no sabia què dir i vaig deixar que fos ella qui conduís la conversa.

–Ara fa una estona que ha sortit, ha anat a veure el metge. Sort que el Dr. Escofet ens ajuda i li explica al Roman quina és realment la seva situació, sense amagar-li res. I no ho dic perquè sigui el teu oncle..., eh?

Prou que ho sabia jo que el Roman havia sortit feia uns minuts, i on havia anat. Em vaig posar una mica vermell per la meva tafaneria i pel que acabava de fer, però crec que ella no ho va notar.

–Veig el Roman una mica millor que unes setmanes enrere, no trobes? –vaig dir de sobte.

–És possible, però jo el veig cada dia i no m'adono dels canvis. És igual com la Laura que sabem que creix, però no veiem com creix... –va dir ella sense mirar-me.

La Carme va anar cap a la màquina de cafè i va començar a preparar-ne un.

–Si la màquina no fa cafè acabarà per espatllar-se, saps? I com que últimament gairebé no ve ningú...

–Pel que dius dedueixo que les coses no us van gaire bé aquí al bar, no? –vaig dir-li amb la veu més baixeta que tinc.

–No ens van bé, si seguim així aviat haurem de deixar el bar. No et pots imaginar com han canviat les coses, tan bé que anava fins fa ben poc, abans que... –va dir la Carme, deixant la frase a mitges mentre s'escalfava les mans amb la tassa de cafè.

Jo no sabia què dir, i buscava la manera de dir-li que havia de marxar, que tenia gana i que a casa m'esperaven per sopar... vaig obrir la boca per dir alguna cosa però la meva mirada va trobar-se per un instant amb els ulls de la Carme i les paraules em van sortir soles:

–Tu... Carme, no tens por? –en acabar de dir-li això, vaig adonar-me del mal que podia haver causat el meu comentari. Volia fondre'm, que la terra se m'empassés.

Mai no oblidaré què em va contestar la Carme.

–El Roman és el meu home, i jo me l'estimo, tant que no puc suportar la idea de perdre'l, ni puc imaginar-me la vida sense ell. Però això no vol dir que no pensi en la Laura i en mi. D'això n'hem parlat força amb el Dr. Escofet, ja t'he dit que ens ha ajudat molt. La Laura no corre absolutament cap risc, i jo tampoc, si continuem prenent les mesures que calen.

–Et refereixes a... usar preservatiu quan... esteu junts..., vull dir... fent l'amor? –vaig preguntar jo fent un esforç per superar la meva vergonya.

–Evidentment –va dir ella amb un somriure que em va fer creure que jo no estava importunant-la ni ficant la pota–. De fet ja fa temps que vaig haver de deixar de prendre píndoles anticonceptives. Patia pèrdues periòdiques, i el Dr. Escofet, el teu oncle, em va suggerir que deixés de prendre les píndoles... Van desaparèixer les pèrdues i ja fa molt temps que ho fem així, vull dir amb preservatiu. Segons el teu oncle ha estat una sort l'efecte secundari dels anticonceptius, perquè sense usar preservatiu probablement el Roman m'hauria contagiat ja fa força temps –va dir-me la Carme parlant-me amb absoluta naturalitat sobre la qüestió.

–I la Laura s'adona del que està passant? –vaig preguntar-li.

–No ho sé..., és tan petita... encara que jo crec que els infants tenen una mena de sisè sentit que els fa percebre coses que mai no sospitaríem que se n'adonessin –va dir la Carme amb un to de melangia.

–Em sembla..., he notat que alguna cosa ha canviat, per exemple a l'escola. Es respira un ambient estrany... no ho sé –la Carme semblava perduda en els seus pensaments i feia un posat de preocupació.

Jo no tenia cap ganes que el Roman em trobés al seu bar després del que havia passat avui a l'entrenament. Vaig veure que era el moment de marxar. Li vaig dir que era molt tard i li vaig donar les gràcies pel got de llet. Ella em va dir que tornés sempre que volgués i em va fer un petó a cada galta. En fregar amb la seva cara em vaig adonar que estava mullada. A la Carme se li havien escapat algunes llàgrimes en algun moment, mentre parlàvem, però jo no me n'havia adonat perquè tenia por de mirar-la a la cara.

El vespre havia estat prou ple d'emocions. Vaig sortir del bar, i apujant-me la caputxa vaig arrencar a córrer cap a casa. Mentre corria recordava amb detall la conversa i les coses que van passar l'altre dia a casa amb la Marina. Ara tenia moltes ganes de veure-la, de parlar amb ella, i de tornar a repetir mil i una vegades el que havíem fet. Vaig tornar a sentir com em protestaven els budells. Quina gana que tenia!

Capítol VIII

L'aparició d'un nou personatge

Plou a bots i barrals! Estic abocat a la finestra mirant com cau la pluja. Avui m'he despertat molt d'hora pel soroll que feia l'aigua en xocar contra el terra del carrer. Potser porto més de dues hores aquí, quiet com un estaquirot, com si no tingués més coses a fer.

No t'ha passat mai això de voler posar-te sota la pluja fins quedar ben xop? Doncs jo m'he despertat amb aquest desig.

Encara que ara sembla que no plou tan fort, en cau una de grossa. N'hi ha que es volen fer els valents i caminen sense paraigua pel carrer. Allà hi ha, per exemple, una parelleta que comparteix paraigua, de fet s'estan mullant tots dos, però tant els fa. Això em recorda quan la Marina i jo...

Aquella deu ser la senyora Eulàlia, mira quina feina té, aguantar el paraigua, el carro de la compra i el gos salsitxa que més aviat sembla una botifarra amb aquest impermeable tan ridícul que li ha posat. Vejam! acaba de travessar el carrer el senyor Aymerich, un de qui aviat en sentiràs a parlar. Caram! quin paraigua més horrible que du; quan jo era un marrec que no aixecava dos pams de terra, ell ja portava aquest paraigua de quadrets. Segurament se'n va cap a l'associació de veïns perquè és ell qui hi remena les cireres.

Mira qui passa ara!: la Lídia. Ai Lídia!, a ella qualsevol paraigua li escau.

La Lídia és una de les mestres de l'escola del poble. Deu tenir uns trenta anys i jo la vaig conèixer ara en deu fer un, quan anava a buscar la meva nebodeta, la Mireia, a l'escola. És una dona molt activa, moreneta, menuda i tota nervi, però alhora té un posat serè.

La Lídia no és del poble i comparteix un pis a la ciutat amb una companya de l'escola. L'oncle Enric m'ha dit que és una dona compromesa amb la seva feina, i que quan una cosa la té clara, no para fins aconseguir-la.

Suposo que estàs encuriosit i deus tenir ganes de saber més coses d'ella, però jo m'estimo més que et vagis endinsant en aquest capítol i que, de mica en mica, la vagis coneixent. El que sí que et puc dir és que la primera vegada que la vaig veure acomiadant-se dels pàrvuls de l'escola, la vaig trobar encantadora... llàstima que sigui massa gran per a mi, a més, jo ja tinc la Marina, és clar!

Gràcies a aquestes voltes que diuen que fa la vida, la Lídia em va explicar un dia, quan em va veure prou madur com per entendre-ho, totes les coses que van succeir a la seva escola. Quasi no m'ho podia creure! Recordo que li vaig fer moltes preguntes perquè volia assabentar-me de tots els detalls. M'ho va explicar amb tants pèls i senyals que ara sóc capaç de reproduir el que hi va passar.

Tot va començar a la classe dels petits. Jo encara recordo aquesta classe, el lloc on seia, els quaderns corregits amb llapis vermell i, sobretot, l'olor de la colònia que utilitzava la meva mestra. No, no te'n riguis, no estic tronat, sembla molt estrany això de poder recordar les olors, però és possible. Em passa sovint això de quedar-me penjat ensumant una fragància que em porta records. Bé, deixem-ho estar i encetem el capítol...

Som a la sala de mestres de l'escola de la Lídia. Aquesta és la petita escola del poble on, sense que ningú ho sospités, va esclatar un conflicte que va esquitxar fins i tot la Laura, la filla petita del Roman i la Carme. Però, llegeix, llegeix! Si no recordo malament tot el que em va explicar, la cosa va anar així...

–Bon dia a tothom!

–Bon dia Lídia –va contestar un cor de veus.

–Vols un cafè? –va dir-li un mestre que estava tot just al davant de la màquina dels cafès.

–No gràcies –va respondre-li ella–, prefereixo una xocolata ben calenta.

Mig adormits, els mestres i les mestres anaven arribant a la sala i col·locaven les seves coses damunt les taules.

La sala de mestres era molt petita i els arxivadors i les taules grosses feien que la sensació de ser a dins d'una capseta de llumins fos encara més accentuada. Abans els mestres es reunien en una sala molt àmplia amb grans finestrons. La llum s'escolava pertot arreu i fins i tot la gent es barallava per seure a prop de les finestres i bronzejar-se mentre el claustre anava discutint l'ordre del dia. Però aquesta sala de mestres tenia un inconvenient: comunicava amb el pati. Nens i nenes s'escolaven dins la sala amb qualsevol excusa o bé enganxaven les cares encuriosides al vidre de les finestres. I així, cap mestre es veia capaç de fer cinc minuts de descans o de desconnectar d'aquells espies que volien saber com eren aquests personatges fora de la classe.

La Maite, que es mirava la Lídia de reüll, s'havia aixecat aquell dia amb ganes de marro, així que va iniciar una conversa amb tota la punyeteria del món.

–No sé com us ho feu per entrar somrients a les vostres classes –va deixar anar sense mirar a ningú, encara que tothom sabia que aquesta pregunta anava dirigida a la Lídia i la Iolanda, una altra mestra que també portava una classe de tres anys–. Jo no podria suportar ni cinc minuts tancada amb aquestes criatures tan petites, de vegades són tan salvatges com les feres –va acabar dient.

–Doncs mira, totes les edats tenen el seu encant –va dir-li la Iolanda sense donar-hi més importància.

–No només això –va deixar anar la Lídia sense poder dissimular que el comentari de la Maite no li havia agradat gens ni mica–, jo diria que no tothom té prou encant com per poder estar amb uns infants tant petits.

Dit això, la Maite es va aixecar d'una revolada i va captar la indirecta! Em sembla que ja no la van tornar a veure en tot el dia.

–Mira que n'és de ruca, aquesta dona! –va dir la Lídia a la Iolanda.

–No en facis cas –va fer aquesta traient importància–, no tothom aprecia el treball que es fa amb els infants.

A les nou tothom va desfilar per la porta i es va anar perdent pels passadissos de l'escola. En un moment les corredisses i el soroll de les portes en tancar-se va emmudir, i només s'escoltava silenci.

La Lídia va haver de baixar a la planta baixa, allà és on hi ha les classes dels més petits. Són unes classes molt maques, tenen molta claredat i uns raconets molt atractius per jugar.

En arribar a la seva, la Lídia va veure que molts nens ja tenien la bata posada i cordada, i anaven seient als seus llocs. Com que eren petits les mares i els pares els acomiadaven dins la classe.

Aquell matí, però, hi havia més adults del que era habitual i ningú no vigilava els més entremaliats que feien de les seves sense parar. L'Airy i l'Ainoa, dues bessones molt simpàtiques, estaven ofegant els peixos de tant de menjar com tiraven a la peixera, el Sergi estava silenciós i entretingut obrint el calaix de les pintures i fent-se un disseny únic a la bata, tot recordant Miró.

–És ben estrany això d'avui –va dir-se la Lídia en veure el panorama i els pares i les mares amb els fills agafats encara de la mà–, quasi diria que tenen por que els prenguin els fills.

No hi havia cap cosa anormal a la classe, cap baralla o discussió, però aquell sisè sentit que ningú no sap on s'amaga li deia a la Lídia que allà passava alguna cosa.

Va veure-ho més clar quan van arribar els endarrerits: l'Eduard, el Víctor, la Laura i la Nerea, tots ells acompanyats per les seves mares. En entrar aquest personal el rumor de veus va minvar i totes les mirades es dirigiren cap als qui acabaven d'arribar. Encara que la Lídia pensava que ara esclatarien de nou a parlar, com sempre, va ser tot el contrari.

Tots els adults van mirar-se la Carme, que, en sentir-se tan observada, va estrènyer fortament la Laura contra el seu cos. Aquells que la miraven van anar desfilant pel seu costat, tot clavant els ulls també en la nena.

–Bé, pares i mares– va dir la Lídia mirant de trencar aquella tensió que s'estava consolidant ràpidament–, em sembla que haureu de començar a passar.

La Carme va quedar-se quieta allà on era i va deixar que tothom anés marxant abans que ella. Cada cop que algú li dirigia una última mirada, ella responia amb un «bon dia», però la resposta que n'obtenia era sempre el silenci.

La Lídia, mentre anava rescatant els peixos d'una mort segura per excés de menjar, anava observant l'escena en silenci i estava ben intrigada amb les actituds que acabava de veure.

La Carme va ser la darrera a marxar. Abans de ferho, va fer un petó i una abraçada a la Laura i va buscar la mirada de la Lídia. Ella ja l'estava mirant i va dir-li un «bon dia» ben alt i clar, com si volgués demostrar-li que fos el que fos allò que estava passant, ella no hi prenia cap partit.

A les onze, la Iolanda i la Lídia es van trobar al pati de l'escola. A aquesta hora les classes de tres anys, juntament amb les de quatre i cinc, podien gaudir d'una estona de pati. La Lídia i la Iolanda aprofitaven per intercanviar impressions sobre com havia anat la primera part del matí o bé per parlar de coses més personals. La veritat és que, tot i que vivien juntes en un estudi llogat a la ciutat, no tenien gaire temps per explicar-se coses i posar-se al dia de tot. Totes dues preferien omplir el temps lliure amb altres persones i fer coses diferents. No volien que el fet de viure i treballar juntes pogués convertir-se en una cosa carregosa.

–Senyoreta Lídia, senyoreta Lídia! –va cridar el conserge ben fort– vingui a la recepció si us plau.

–No l'he entès mai aquest home –va dir la Lídia ben fluixet–. Només estem a quatre passes i s'estima més esgargamellar-se que moure's una mica.

–Afanya't, ja et vigilo jo els nanos –va dir la Iolanda.

En arribar a recepció els dos telèfons que hi havia eren penjats i no va saber en quin hi havia la trucada.

–Ho sento senyoreta –va dir el conserge–, la comunicació s'ha tallat.

–Bé, suposo que tornaran a trucar –va dir la Lídia encaminant-se una altra vegada cap al pati.

–Sí, això segur –va afegir ell mentre anava fent fotocòpies com qui fa xurros–, perquè m'ha dit que era una cosa urgent.

La Lídia va aturar-se de cop.

–I no sap, per casualitat, qui feia la trucada?

–No ho sé –va fer el senyor Ramon tot gratant-se el clatell–, em penso que m'ha dit alguna cosa d'una entrevista.

–Així, doncs, és algun pare o alguna mare. Mira que sempre els dic que em truquin a partir de les dotze, però ni cas.

–Més aviat eren molts –va deixar anar ell–. Cony de màquina! Ja s'ha tornat a empassar el paper!

–Com diu?

–Veu? –el senyor Ramon li ensenyava el paper tot arrugat–, això no és pas culpa meva, sinó de la màquina.

–Si ja me'n faig càrrec, però el que vull saber és a què es refereix quan diu que més aviat eren molts...

–Que la dona que parlava representava un grup de pares.

–Però, vostè com ho sap tot això? –va preguntar-li la Lídia tota sorpresa.

De sobte, el telèfon va interrompre la conversa.

–Em farà el favor d'agafar-lo? És que he de recollir el correu de la bústia.

–Vagi tranquil home! –va fer ella– Digui?

–Bon dia, hem trucat abans però se'ns ha tallat la comunicació. Volíem parlar amb la Lídia, és la mestra de la classe de tres anys.

–Sóc jo mateixa.

–Hola Lídia, sóc la Teresa, la mare de l'Enric. Bé, de fet no et truco per parlar de l'Enric –la veu es va aturar i a través del telèfon la Lídia podia sentir una respiració una mica nerviosa–. Som un grup, de fet, un grup que hem estat parlant... Represento un grup de pares i mares de la classe que estem amoïnats per una qüestió força important.

La Lídia va seure a la cadira que el conserge havia deixat lliure i amb un llapis anava fent dibuixets en un paper mentre escoltava molt intrigada el que aquella mare intentava dir-li.

–Ja sabeu que des del primer dia em vaig oferir per parlar de qualsevol problema que passés a la classe.

–Necessitem una entrevista com més aviat millor, si pogués ser aquesta tarda... Això és molt urgent, estem espantats!

–Que esteu espantats? Però, què passa? –va dir la Lídia sense poder reprimir la impaciència per saber de què anava la cosa.

–Potser ara no és el moment –va dir la Teresa.

–Tens tota la raó... vine, veniu aquesta tarda, us rebré cap a quarts de sis.

–Em pensava que ja ho sabies –va afegir la Teresa.

–Doncs no, Teresa. Què és el que he de saber?

–És clar que no en saps res! –va contestar ràpidament la mare–. Si ja ho tenien tot ben amagat, ells!, però els ha sortit malament.

–Però, qui són ells?

La comunicació es va tallar de sobte, potser era perquè la telefònica estava fent reparacions per tot el veïnat, el cas era que aquella interrupció havia estat del tot inoportuna.

La Lídia, en penjar el telèfon, va mirar-se tots els dibuixots que havia deixat al paper. El va estripar a poc a poc i el va llençar a la paperera. Si li haguessin donat una bona bufa no s'hauria quedat tan estabornida!

–Quin misteri és aquest? Què dimonis passa a la meva classe? –es preguntava, però no va trigar gaire a lligar-ho amb l'escena que havia presenciat al matí.

La va treure de l'embadaliment el soroll d'unes sabates que algú arrossegava en caminar. En aixecar la vista va veure que es tractava del senyor Ramon que ja tornava amb la correspondència a la mà.

–Què hi ha senyoreta? –va preguntar-li amb la cigarreta a la boca, tot i que a l'escola no estava permès fumar–, li han trucat, per fi?

–Sí, ja he rebut la trucada.

–Doncs jo de vostè marxaria ara mateix cap al pati –va aconsellar-li–, no sigui cosa que el director la vegi aquí asseguda i...

–No es preocupi, senyor Ramon, que ara mateix me n'hi vaig.

Quan va arribar al pati, de seguida va buscar amb la mirada els nens i les nenes de la seva classe. Jugaven pels raconets i en el sorral, s'empaitaven o es deixaven lliscar pel tobogan. La Laura i un grup de nens s'havien fet una caseta amb uns pneumàtics de cotxe. No sabia per què, però la seva mirada s'havia detingut en la Laura, com si aquella criatura pogués tenir alguna cosa a veure amb la trucada que acabava de rebre.

Així, jugant, saltant i també barallant-se, semblaven tots tan feliços...

L'escola era com un món a part. La relació que els infants establien entre ells, allà dintre, era lluny de les baralles, rivalitats i enveges dels pares. Nens i nenes estimaven aquella segona casa que coneixien pam a pam i on cadascú tenia el seu lloc.

–La vida és més complicada fora que no pas dins les aules –va dir-se.

La Iolanda, en veure-la parada en una cantonada del pati, se li va acostar i li va preguntar en un to de broma.

–Què, ja hi torna el Dr. Escofet?

–T'equivoques. No encertaries mai qui m'ha trucat.

–Jo dic que és el Dr. Escofet –va insistir la Iolanda.

–Ni de lluny! –va dir rotundament la Lídia– I deixa d'anomenar-lo pel cognom, sembla que em parlis d'un estrany.

–Ves si no ho és, d'estrany –va afegir la Iolanda–, encara que...

–Encara que què?

–Que només depèn de tu, que no ho sigui.

–Ja m'agradaria a mi que el Dr. Escofet, vull dir, l'Enric em truqués, però és tan prudent, tan...

–Tan paradet! –va afegir la Iolanda–. Doncs mira, si ell no té empenta l'hauries d'ajudar una mica.

–Vinga dona! Només faltaria!

–Tu mateixa, potser l'any que ve ets en una altra escola a centenars de quilòmetres d'aquí i llavors... llavors no et queixis si s'enamora d'alguna infermera...

–Deixa'm estar, ets com un corcó Iolanda, encara no sé com puc viure amb tu –va dir la Lídia amb cara seriosa, com si volgués impressionar la seva companya–. El cas és que he rebut una trucada molt estranya i...

–Ja m'ho explicaràs més tard. Crec que l'Albert s'ha fet mal. Déu meu! quanta sang, me n'hi vaig corrent.

–No pateixis –va cridar la Lídia en veure córrer la seva amiga com si tingués un motor a propulsió–, ja em faig càrrec de la teva classe.

A dos quarts de sis la Lídia era a la classe, ja buida d'infants. En sentir veus i soroll de passes pel passadís es va preparar per rebre la petita comitiva que tant havia de sorprendre-la.

–Passeu, passeu –els va rebre amablement alhora que els anava acostant cadires.

Com a mínim eren disset entre pares i mares.

Quan varen estar tots asseguts, la Teresa, que semblava la portaveu, va començar a parlar.

–Mira Lídia, si hem d'aclarir les coses, potser serà millor començar pel principi.

–Sí, si us plau –va dir la Lídia mentre seia en una cadira.

–Bé, ja fa temps que es va escampar el rumor que un dels nostres veïns estava malalt. Però molt i molt malalt, infectat fins al coll d'una malaltia repulsiva.

La Lídia l'escoltava interessada i anava inspeccionant totes aquelles persones que assentien amb el cap a cada paraula de la Teresa.

–Suposo que ja m'entens...

–Explica-l'hi, explica-l'hi –va fer una veu.

–Continua, si us plau –va dir la Lídia a la Teresa.

–El cas és que fa una setmana el farmacèutic va confirmar-nos aquests rumors que corrien i ara ho sabem del cert i...

–Però què és exactament el que sabeu del cert? –la va interrompre la Lídia.

–Doncs que el Roman, aquell del bar que és pare de la Laura, és un sidós!

–Pitjor que la pesta, pitjor que la pesta! –va dir una mare que seia al fons de tot.

Sidós! Aquest mot sonava contundent i despreciatiu.

–M'estàs dient que el Roman té la sida? –i mentre feia aquesta pregunta recordava aquelles cares que havien mirat la Carme i després la Laura. Ara, ja sabia quin era el problema.

La Lídia es va adonar que la seva situació era molt compromesa. Ara mateix representava la institució, un lloc on no s'havia parlat mai d'aquest tema, i els pares que havien acudit a ella, sens dubte, voldrien alguna mena de resposta. Ara per ara, només podia buscar quina era la seva pròpia postura respecte al tema i pensar més aviat en la Laura que no pas en el Roman, un pare que, com d'altres, venia de tant en tant a buscar la seva filla.

–Te n'adones del perill que corren els nostres fills? –va preguntar-li la Teresa esperant una resposta afirmativa.

–Me n'adono de com n'arriba a ser de perillós, confiar en la discreció de segons quins farmacèutics. Però al marge d'això puc entendre que estigueu preocupats. A mi mateixa m'ha sobtat una mica, perquè aquesta malaltia ens és del tot desconeguda i fa molt de respecte.

–Volem solucions –va dir un pare aixecant-se per fer-se veure millor.

–Jo no tinc una solució immediata –va contestar-li

la Lídia una mica molesta pel to exigent amb el qual se li havia dirigit–. M'agrada pensar les coses abans d'actuar. De moment el primer que faré és confirmar això que em dieu, tenir una entrevista amb el Roman i la Carme, i posar en coneixement de la direcció la xerrada que estem tenint avui. De tota manera –va continuar dient–, no em queda clar com ens pot afectar dins la classe que el Roman tingui la sida...

–La Laura és amb els nostres fills i filles, el meu Enric ha jugat moltes vegades amb ella –va dir la Teresa posant èmfasi quan parlava del seu fill–, em faig creus de pensar el que hauria pogut arribar a passar si no arribo a aturar això d'anar a jugar a casa de la Laura.

–A veure! –va dir la Lídia posant-se dreta per dominar millor la situació–. Potser en Roman té la sida, per cert, hauria estat un detall convidar-lo a venir; però ara hi esteu implicant la Laura i això em sembla molt greu perquè acabo de sentir una mare que ja ha aïllat d'alguna manera aquesta nena. Jo no sé si la Laura ha estat contagiada, ho desconec perquè em manca informació, però us puc assegurar que penso informar-me. Us recomano que feu el mateix. No hauríem d'anar en contra del Roman, sinó mirar la manera de poder ajudar-lo i quedar-nos tranquils nosaltres també.

–Si la Laura continua venint a la classe, molts pares deixarem de portar els nostres fills a l'escola, no podem exposar-los a aquest perill –va aixecar la veu una dona grassa.

–Mireu, jo no sóc ningú per prohibir a la Laura l'entrada a la meva classe, ni estic gens segura que ho hagi de fer. Però sí que puc intentar de trobar una solució.

–Doncs demana que li facin una anàlisi de sang, a la Laura; només si la nena no té res, els nostres fills vindran a l'escola –un home alt i prim va atrevir-se a dir el que des d'un bon començament pensaven reclamar a la Lídia.

La Lídia no va dir res durant uns segons, com si rumiés si la possibilitat de l'anàlisi podia ser la solució, però el que en realitat feia era cercar un raig de llum en tota aquella negror que li queia a sobre. Llavors va ser quan va associar l'anàlisi amb el Dr. Escofet. De segur que ell havia de saber molt més d'aquest tema que ella i podria orientar-la, i alhora també podria tranquil·litzar els pares i les mares de la classe.

–Com penseu que en Roman ha contagiat la seva filla? –la pregunta va caure com una bomba, però en aquest cas només va esclatar el silenci.

–Qui ho sap? –va contestar la Teresa després de pensar-s'ho–. El contacte és molt estret: mengen junts, poden beure del mateix got, o potser es fan petons a la boca, els adults de vegades ho fem amb les nostres criatures, o potser…

–O potser s'ha eixugat amb la mateixa tovallola després de banyar-se –una altra vegada la dona grassa va tenir la necessitat de dir-hi la seva.

–I ara què hem de fer nosaltres? –va preguntar la Teresa tota queixosa–, esperar que els nostres fills enxampin la sida?

–Donar a la Laura l'oportunitat que us agradaria que donessin als vostres fills. Per part meva em comprometo a parlar amb aquests pares i també a convocar-vos per fer-vos arribar la informació que ens cal tenir. No vull que us quedi la sensació que no us faig costat –va seguir dient amb un to més melós–, però jo sóc la mestra de la Laura, no puc condemnar-la a l'aïllament. L'he de protegir tal com faré amb la resta dels infants de la meva classe. És per això que vull estar ben informada sobre aquest tema abans de prendre qualsevol mesura.

Semblava que de moment, amb la seva prudència, havia aturat aquell ritme frenètic que havia agafat el conflicte, però ella sabia que només es tractava d'una parada en el camí.

–A la Laura l'has de protegir... però i als nostres fills qui els protegeix? –va dir la Teresa.

–Ens han enganyat, ho han tingut amagat! –van cridar dues veus alhora.

–Tothom vol guardar la seva intimitat –va dir ella.

–Però hi ha coses de la intimitat que no produeixen la mort, la sida, sí –va contestar la Teresa.

–És cert –va fer la Lídia amb solemnitat, de fet estava preparada per a aquesta resposta–. La sida pot arribar a causar la mort i és per això que tenim por. La por és la que fa que actuem de vegades a la desesperada, i per protegir la vida dels que estimem som capaços de fer mal als altres sense voler, possiblement molt més aviat que ho faria el virus.

–Jo la tinc molt tranquil·la la consciència –va dir l'Albert, un dels pares més joves–. No sóc pas jo qui ha anat de putes i ha enxampat la sida!

–I jo també –va dir un altre pare.

–I jo –s'hi va afegir una altra veu.

–Doncs sense ànim d'ofendre –va dir finalment la Lídia tot clavant la mirada cap al primer home que havia parlat–, us diré que no és per tenir la consciència tranquil·la pensar que la malaltia només es contagia anant amb prostitutes. En tot cas, no són les prostitutes, sinó les relacions sexuals les que transmeten el virus, i aquesta possibilitat no exclou cap dels adults que som ara aquí.

La classe es va omplir de silenci.

Novament ho havia fet! Una altra parada en el camí, una altra pedra per anar esmicolant amb un martell carregat de reflexions. Almenys és el que ella esperava: fer-los reflexionar i guanyar temps per assabentar-se de tot el que li calia saber.

En algun moment la mateixa Lídia se sorprenia de poder arribar a acaparar l'atenció d'aquella gent exaltada per allò que provoca la por més indominable, l'instint de supervivència.

–Un dia més i prou! –va dir la Teresa.

–Un dia més i prou! –van exclamar altres veus.

La Lídia va quedar-se sola a l'escola. Tenia una barreja de sentiments com mai no havia tingut: confusió, por, incertesa, i sobretot estava molt enfadada. Havia de fer alguna cosa, però no tenia ningú amb qui consultar-ho. De sobte va tenir molt clar el que havia de fer, va anar cap el telèfon de secretaria mentre buscava a la seva agenda la lletra *E* d'Enric Escofet.

–Maleït siguis!, una vegada que et truco i no ets a casa... –va murmurar la Lídia mentre sentia el tuuu...tuu... del telèfon–. Si almenys tinguessis contestador! –va exclamar cap a la paret abans de penjar. La Lídia va agafar un dels fulls amb el segell de l'escola i gairebé sense pensar-hi va gargotejar el següent:

Apreciat Enric,

A l'escola hi ha un problema sobre el qual hauríem de parlar al més aviat possible. Ho sento, ara no puc explicar-li de què es tracta, però necessito parlar amb vostè.

Li he trucat, i com que no hi era, he decidit deixar aquesta nota a la bústia de la seva consulta.

Demà a les set de la tarda podríem trobar-nos just davant del lloc d'informació de l'estació de Sants, a Barcelona. M'estimo més que sigui fora del poble.

Si no li va bé, si us plau, truqui'm demà al matí.

Lídia

Quina moguda que va tenir la Lídia, no et sembla? Jo crec que va manegar la situació força bé, encara que hi ha trossos de la conversa amb els pares que desconec, perquè la Lídia ja se n'havia oblidat.

Si vols que et digui la veritat, el que més m'interessava saber, era el que li havia escrit a l'oncle. Al principi es feia la boja i no em volia dir res, però en veure la meva «innocent» persistència, ella mateixa em va portar un tros de full que tenia guardat dins d'un volum del diccionari enciclopèdic. Era la seva nota manuscrita.

Caram amb la Lídia! Havia fet el primer pas...

Capítol IX

Una cita especial

L'oncle no se separava mai del seu gos. Per això em va estranyar molt que aquella tarda em truqués demanant-me que li fes el favor de cuidar l'Otto fins que tornés al vespre, que havia d'anar a fer no sé què a la ciutat. No em va donar cap mena d'explicació, encara que el vaig punxar força estona. Li vaig tancar la porta tot encuriosit, però ben mirat, què podia importar-me on anava l'oncle?

La providència, una senyora suposo, va fer que la Lídia truqués per telèfon. Tot i que vaig insistir, no va voler deixar cap missatge, perquè tal i com ella em va dir, el veuria aquella mateixa tarda.

Les cames em feien figa! Vet aquí, l'oncle anava a veure la Lídia i a mi em deixava tenint cura de l'Otto.

No sé què em va passar pel cap en aquells moments, però era evident que no pensava quedar-me a casa.

Vaig trucar al Marc i li vaig explicar el meu pla. En un tres i no res em vaig plantar a casa seva, que per sort era a prop de l'estació. Abans de sortir de casa de l'oncle, però, havia tranquil·litzat l'Otto deixant-li un bon tiberi, i la bèstia no va dir ni piu quan vaig sortir esperitat.

El Marc m'esperava convenientment disfressat, i jo em vaig posar per sobre l'abric i el barret que m'havia preparat per a l'ocasió, no et pots ni imaginar la pinta que fèiem!

Quan vam arribar a l'estació, el tren acabava d'entrar-hi

i l'oncle ja estava assegut i tot. Seguir l'oncle, i fins i tot asseure'ns a prop d'ell i la Lídia en aquella cafeteria, esquena amb esquena, fou el més arriscat que el Marc i jo havíem fet mai. Vam viure moments molt tensos, com quan al Marc se li va desenganxar aquell ridícul bigoti, o quan vaig haver d'estirar massa el coll per escoltar la conversa. Sense volerho vaig atreure la seva atenció, ja que de tant en tant mirava de reüll, però com que estaven massa concentrats en la conversa, no em van reconèixer.

Vaig haver de posar el Marc al corrent de tot el que sabia. En ell i en la Marina era en qui més confiava. El Marc, però, no va sentir gaire res, la qual cosa també formava part del meu pla. El seu paper era més aviat secundari. Jo sí que vaig estar al cas de tot. Caram, si em vaig assabentar de coses!

Vaig ser prudent, malgrat la meva ximpleria, i li vaig proposar al Marc de marxar en el moment oportú. De tornada a casa, l'oncle i nosaltres anàvem en el mateix tren. Suposo que ell va recórrer el camí que separava l'estació de casa com si trepitgés núvols. Jo, vaig fer-ho com si portés un coet al cul…

L'oncle Enric va baixar a l'estació de Sants, va pujar per les escales mecàniques, i va dirigir-se al punt d'informació, just on havia quedat amb la Lídia.

Ja feia dos o tres minuts que l'oncle s'esperava quan ella va aparèixer. Portava uns texans grisos i una brusa negra sota una caçadora de pell. Per la cara que va posar l'oncle, segur que estava molt més bonica així que amb la bata que duia quan ell anava a l'escola a fer les revisions mèdiques.

En veure's, davant per davant, es van quedar una mica tallats, encara que la Lídia ho dissimulava molt bé, i de seguida va allargar la mà per saludar-lo. L'oncle va respondre a la salutació estrenyent-la-hi potser una mica massa. Era el tipus de salutació que habitualment feia als seus pacients per donar confiança, qüestió que segons ell era la meitat del tractament que necessitaven les persones.

–Bona tarda, Dr. Escofet. Què li sembla si anem a un lloc més tranquil? Conec una cafeteria per aquí a prop on estarem d'allò més bé –va dir la Lídia.

–En sembla perfecte –va dir l'oncle amb un somriure ample–, però si us plau, digue'm Enric.

Mentre sortien del recinte de l'estació l'oncle va fer un parell de referències als informes de l'última revisió mèdica dels pàrvuls, que els faria arribar la setmana vinent... En aquell moment ell va fer un gir inesperat i va estar a punt de descobrir-nos, al Marc i a mi. Vam dissimular tan bé com vam saber amb uns diaris desplegats enormes, fent veure que llegíem.

–No t'estranya que no t'hagi preguntat de què vols que parlem? –va dir de sobte l'oncle Enric.

–Sospito que saps molt bé de què parlarem –va contestar ella mirant-lo als ulls.

L'oncle Enric va obrir la porta de la cafeteria i va convidar la Lídia a entrar. La música era agradable, *bossa nova*, una mena de música brasilenya rítmica i alhora suau.

Nosaltres vam entrar a continuació, després d'esperar un temps prudencial. Vam seure a una taula que era just al seu darrere. Jo, esquena contra esquena amb l'oncle, el Marc just enfront meu, fent veure que llegia el diari. Des d'un mirall que hi havia a la dreta, d'aquests que posen als bars perquè semblin el doble de grans de com són en realitat, girant una mica el cap, podia apreciar de perfil l'oncle i la Lídia i no perdre'm els detalls dels seus gestos.

–Treu-te les ulleres de sol, home... no veus que així ningú no es pot creure que estàs llegint? –vaig xiuxiuejar inclinant-me imperceptiblement cap al Marc.

En aquells moments començava la conversa entre l'oncle i la Lídia. Vaig posar l'índex sobre els llavis i vaig parar l'orella.

–A l'escola hi ha problemes. Tenen relació amb la salut, i és per això que ara estem parlant –va començar la Lídia anant al gra–. Com ja deus sospitar –va continuar–, tenen a veure amb la malaltia del pare d'una de les nenes de la classe, això si ella no està també malalta –va dir la Lídia.

–Suposo que t'estàs referint al fet que el Roman té la sida i que la seva filla Laura, que és alumna teva, comença a tenir problemes amb els seus companys. Més aviat, amb els pares dels seus companys. No? –va dir l'oncle.

–Així que vostè... tu ho sabies i no ens vas avisar! –va dir la Lídia amb un to clar de desaprovació.

En arribar a aquest moment, va semblar com si els seus punts de vista s'allunyessin, i fins i tot la Lídia va prendre distància, separant-se imperceptiblement de l'oncle.

Jo crec que la conversa agafava un caire que no agradava a l'oncle, i estic convençut que en aquell moment el que menys li interessava era tenir la Lídia molesta, així que va tractar de reconduir la conversa cap a bon port.

Va mirar la Lídia fixament als ulls. Ella ja feia estona que se'l mirava, tot esperant una explicació per part d'ell.

–De què us havia d'avisar? Que el Roman tenia la sida? Que la seva filla no corre cap risc de contagi?... Si ho hagués fet, jo mateix hauria iniciat el procés de rebuig que ara deu patir la nena. Perquè suposo que la rebutgen, no?

Ella no va contestar, es va limitar a deixar-lo parlar, al cap i a la fi calia escoltar aquell home en el qual confiava i que, sens dubte, l'ajudaria.

Es va tornar a apropar.

–Així que el Roman no pot contagiar a la Laura? Segur? –va dir finalment.

–A la Laura només la podria haver contagiat la seva mare durant l'embaràs o el part. Però la Carme, la seva mare, per sort, i per altres coses que ara no vénen al cas, no està infectada amb el virus de la sida –va contestar l'oncle mentre agafava la tassa de cafè, que li acabaven de portar, per escalfar-se les mans.

–Així doncs, la Laura no corre cap risc i tampoc pot tenir la sida? –va insistir la Lídia.

–Bé, a no ser que el Roman tingui relacions sexuals amb ella, o que cada dia la nena s'afaiti amb la fulla del seu pare... –va ironitzar l'oncle Enric.

–Però ella pot ser portadora? O com en diuen d'allò... seropositiva?

–La Laura no és seropositiva. Ara per ara no ho pot ser de cap manera. Ser seropositiu vol dir tenir anticossos contra el virus de la sida. Ja sigui perquè es té la infecció, o perquè durant l'embaràs una mare infectada, és a dir, seropositiva, hagi passat els anticossos contra el virus al nadó, i aquest no és el cas de la Carme ni de la nena. Actualment existeix una prova a partir d'una anàlisi de sang que permet detectar la presència d'aquests anticossos.

La Lídia va quedar-se tota pensarosa.

–Potser dic una bajanada, però llavors el Roman sí que és seropositiu, no? –va dir la Lídia.

–Evidentment –va contestar l'oncle tot buscant el contacte amb aquelles mans càlides que no deixaven de donar voltes als anells dels dits–, a més a més, malauradament està malalt ja que s'han manifestat els símptomes de la síndrome.

Em va sorprendre com l'oncle parlava amb absoluta fredor i amb una mica de frivolitat sobre unes persones que coneixia bé i apreciava. Devia ser llavors quan es va adonar que estava estrenyent amb força les mans de la Lídia, i que ella no el mirava pas obrint molt els ulls perquè estigués al·lucinant amb les seves explicacions, sinó perquè començava a fer-li mal. Vaig notar com la cadira que jo tenia al darrere, on seia l'oncle, es movia imperceptiblement.

–Perdona.

–No ha estat res... corregeix-me si m'equivoco –va dir la Lídia–, el Roman va presentar símptomes que feien pensar que podria tenir la sida. L'anàlisi de la seva sang va donar resultat positiu. En canvi la Carme, que també es va fer les anàlisis, no va resultar ser seropositiva, ni la seva filla tampoc –va dir la Lídia, esperant la confirmació de les seves conclusions.

–Molt bé, únicament que a la Laura no li han fet cap anàlisi ja que no existeix cap possibilitat que sigui seropositiva –va dir l'oncle mentre passejava l'índex per la vora de la tassa.

–Doncs això és exactament el que volen els pares a

l'escola. No creus que la Laura hauria de fer-se la prova, encara que només sigui per tranquil·litzar-los? –va preguntar ella.

–No ho sé –va fer l'oncle movent lleugerament el cap–, no estic gaire segur que es tranquil·litzin només amb això –va acabar dient mentre s'afinava el bigoti.

–Hi ha una cosa que no entenc... –va dir la Lídia tot gesticulant per donar més èmfasi a la seva pregunta–: si el Roman està tan malalt, com és possible que últimament vingui sovint a l'escola a buscar la seva filla? Sembla que està una mica desmillorat, però no sembla pas una persona que s'estigui morint. L'altre dia, fins i tot, se'l veia content i animat. Va posar-se a jugar amb els nens i va fer una mica de gresca amb nosaltres.

L'observació de la Lídia va treure l'oncle d'un estat reflexiu momentani en què havia caigut. L'havia escoltat, però mentre ella parlava del Roman, jo crec que ell devia estar pensant en una altra cosa.

–Una de les característiques més desconcertants de la sida és que després d'una setmana o dues de malestar general, quan s'està massa abatut fins i tot per dormir, arriba imprevisiblement, de cop i volta, una millora. El malalt pot despertar-se perfectament bé. Amb ganes de viure i disposat a menjar-se el món –dit això, va estarrufar-se el mostatxo i va mirar fixament la Lídia–. El problema és que aquest estat sol desaparèixer gairebé tan ràpidament com ha arribat.

–Com està el Roman? Perquè tu el deus veure sovint, no?

–Està fotut –l'oncle va desviar la mirada de la dona, i va fer una pausa–. No tinc experiència en casos com el seu, només el que surt publicat de tant en tant. Crec que el Roman està en una fase que es pot allargar més o menys, i ningú no sap de què depèn això. Ara per ara no està tan malament, i hi ha setmanes que pot fer una vida absolutament normal. Però psicològicament no està bé. Des del primer moment ell no va voler amagar el que tenia, la qual cosa li vaig desaconsellar. Els problemes han començat d'uns dies ençà, de cop ha vist com al seu bar ja no hi va ningú, com els nois de l'equip que entrena han deixat d'anar als entrenaments... i ara, això de la seva filla.

La Lídia li va explicar tot el que en sabia, amb tota mena de detalls. La trucada de la Teresa, la possibilitat que els pares deixessin de portar els infants a l'escola, i els comentaris i l'actitud dels mestres, perquè no tothom era partidari de mantenir la Laura dins l'escola.

Jo veia pel mirall com l'oncle anava arrugant el nas al llarg de la narració de la Lídia.

–Tot això és infundat –va protestar l'oncle Enric–. Suposem que la Laura fos una persona infectada, que no és el cas, fins i tot això no suposaria cap perill per als infants. Sempre que seguiu les normes bàsiques d'higiene i seguretat que cal tenir a l'escola. I aquí sí que no teniu excusa. Cada vegada que vinc a fer la revisió us porto una caixa de guants i us dono aquell fulletó de recomanacions...

Després d'una breu pausa, l'oncle va prosseguir:

–Voldria dir-te que ha estat una sort que la Laura sigui a la teva classe –va continuar l'oncle tot suavitzant el to–, crec que tu seràs capaç d'entomar-ho, de fet ja has començat a moure't... em sembles una dona... –l'oncle es va quedar com encallat, sense trobar la paraula adequada– ...una dona fora de sèrie, una dona per emmarcar entre cometes...

La Lídia es devia ruboritzar i mirava cap a un altre cantó. Va ser un moment una mica violent. L'oncle se la va quedar mirant: s'havia recollit els cabells i unes grenyes li queien sobre la cara, estava preciosa.

Quan va poder reprendre la conversa, ella li va comentar l'accident que havia tingut l'Albert a l'escola, i com de beneites havien estat ella i la Iolanda per no haver seguit les recomanacions sanitàries.

–Però els nens i nenes juguen, comparteixen joguines, les llepen, s'esgarrapen...

–No hi ha cap d'aquestes activitats quotidianes que suposi un risc de contagi de la sida. És per això que no hi ha cap motiu objectiu, ni cap obligació de saber si un nen o nena està infectat amb el virus. Pel que fa a les esgarrapades o ferides, cal tractar-les sempre igual, cal rentar-les i desinfectar-les convenientment, i és aconsellable que facis les cures des del primer moment amb guants, independentment que l'infant et sembli sa o no –va sentenciar amb seguretat l'oncle.

–I encara hi ha menys perill si la nena no és seropositiva, no? –va afegir la Lídia.

–Encara menys, no, igual –va dir l'oncle.

L'oncle va furgar dins una de les butxaques del seu abric i va treure un llibre petit, estret, de portades blaves. Va llegir el títol en veu alta: *Sida i comunitat escolar*. Va deixar el llibre davant de la Lídia.

–Té, per a tu i per als teus companys, em sembla que ningú no va sobrat d'informació. El llenguatge és prou clar i fa recomanacions útils.

La Lídia va donar una ullada ràpida a l'índex i va fer córrer una mica les pàgines.

–Voldria que vinguessis a l'escola, a parlar amb els meus companys, i també amb els pares i mares de la classe, t'ho demano com un favor personal –va dir-li la Lídia.

–Dóna-ho per fet! –li va respondre ell–. Vaig a pagar i t'acompanyo a casa.

–No, no cal. Els cafès els he pagat jo al moment de demanar-los, i la boca del metro és a quatre passes. Ja t'he fet perdre prou el temps per avui.

–No diguis això, és molt agradable per a mi parlar amb tu, el que passa és que sempre ens veiem a l'escola...

–Tens raó sempre ens veiem a l'escola, i fins i tot ara, hem estat parlant de coses que ben mirat tenen relació amb les nostres feines. Potser ho hauríem de canviar això, no et sembla? –se'l va mirar, i després va fer una baixada d'ulls d'aquelles que fan posar la pell de gallina al més trempat–. Com que sé que t'agrada llegir t'he portat un llibre –va dir la Lídia trencant el silenci que s'havia creat–. Si tens temps i et ve de gust, llegeix-te'l i no pateixis per tornar-me'l, és un regal.

L'oncle va llegir també aquest títol en veu alta: *El clan de l'ós de les cavernes.*

–Doncs, mira, el volia llegir!

Va estar una estona mirant-se el llibre. De fet es mirava la portada perquè no sabia pas què fer.

–Moltes gràcies... potser algun dia et trucaré a l'escola i...

–Quedarem per anar a sopar, d'acord? –va afegir la Lídia amb un to triomfal.

Abans d'acomiadar-se, la Lídia va voler fer-li una última pregunta:

–Enric, no hi ha manera de saber com es va contagiar el Roman?

La pregunta va agafar l'oncle una mica per sorpresa.

–Ho ignoro. De tota manera tu creus que és important saber-ho? –va quedar-se mirant la mestra, que continuava callada.

–No... –la Lídia va vacil·lar un moment–. Suposo que no –va dir amb sinceritat.

–Abans de marxar –va dir l'oncle–, m'agradaria que llegíssim plegats una pàgina del llibre. Escolta'm bé i pregunta'm el que vulguis.

Llavors l'oncle va començar a llegir amb aquella veu tan profunda que té quan es posa seriós:

IV. DESINFECCIÓ DE LES FERIDES AMB SANG

Aquestes normes de desinfecció són les que cal seguir sempre en qualsevol ferida amb sang i per a qualsevol nen/a o persona de l'escola:

1. *La persona que atengui l'infant haurà de rentar-se prèviament les mans amb aigua i sabó, i utilitzar uns guants d'un sol ús si en té a l'abast. A més a més, haurà de protegir-se de qualsevol tipus de ferida oberta anb tiretes, benes o guants.*

2. *La ferida es netejarà, en primer lloc, amb aigua i sabó.*

3. *Després del rentat i per a més seguretat es pot aplicar un desinfectant específic, com la solució aquosa de iode al 7,5-10% –a la farmàcia hi ha diferents preparats–, durant un temps d'entre 3 i 10 minuts.*

4. La ferida, un cop rentada, es protegirà amb una tireta, bena o esparadrap.

5. Quan hagi acabat la cura, la persona que l'ha realitzada es tornarà a rentar les mans amb aigua i sabó.

6. Les taques de sang sobre objectes o superfícies diverses es netejaran primer amb aigua i sabó, i després amb una solució de lleixiu domèstic concentrat –una part de lleixiu per deu d'aigua– que es deixarà actuar durant un temps, entre 15 i 30 minuts; la roba blanca es rentarà amb els procediments habituals.

–Penso que són recomanacions que hauríeu de tenir molt presents a l'escola –va dir l'oncle en acabar la lectura.

–Tens molta raó –va dir la Lídia.

–Bé, potser que comencem a passar! –va proposar l'oncle gens convençut.

–Sí, d'acord –va contestar ella–, dimecres vinent podrem seguir xerrant una mica més, si vols és clar…

–Dimecres vinent? –va preguntar ell tot sorprès– Quan hem quedat?

–T'ho acabo de proposar ara, Enric.

Ja era tard i començava a fer-se fosc. L'oncle es va cordar l'abric i es va apujar les solapes gastades mentre es dirigia pels carrerons cap a l'estació.

Va mirar el rellotge i va apressar el pas per no perdre el tren de dos quarts.

Quan ja era assegut al tren va començar a fullejar el llibre, i no va aixecar el cap fins que va arribar a l'estació del poble.

Quan va obrir la porta de casa, l'Otto se li va tirar al damunt bordant com mai ho havia fet. L'animal estava ner-

viós i el seguia pertot arreu. L'oncle no entenia per què l'Otto es comportava així, al cap i a la fi, l'havia deixat en companyia d'una persona de total confiança...

A mi, saps?, quasi ni em va saludar, estava com en un altre món.

–Com ha anat la sortida, oncle? –li vaig preguntar per dissimular.

–Bé, molt bé –em va dir mentre es treia l'Otto del damunt–. Ja pots marxar si vols, i moltes gràcies!

L'últim que vaig sentir en tancar la porta fou:

–Mira Otto, ets un gos molt egoista. A partir d'ara t'hauràs d'anar acostumant a compartir-me amb altres persones, saps?

Fer de detectiu va ser molt emocionant, encara que això d'haver espiat la intimitat de l'oncle em feia un nosequè *a dins que no sé explicar. Però sembla que li vaig agafar una mica d'afició a això de l'espionatge... ja ho veuràs.*

Capítol X

Reunió de veïns

Hi ha persones que són propenses a criticar-ne d'altres per darrere. Ja et deus haver adonat que jo en sóc una.

L'oncle Enric, el doctor Escofet, mai no ha estat d'aquest tipus de persones, però recordo un dia que es va posar a parlar malament d'un veí seu, l'Esteve Aymerich. L'oncle va dir que era un vanitós, que volia ser important, i que aprofitaria qualsevol oportunitat per fer-se notar. També va dir que era una persona sense escrúpols, que per aconseguir allò que volia, era capaç de passar per sobre qui fos.

Ara veuràs com, després d'haver espiat l'oncle, vaig trobar el gust a això de l'espionatge...

El Sr. Aymerich, que així es fa dir, és un home d'uns 40 anys, té la panxa rodona i grossa i és aficionat a fumar puros, encara que últimament se'l veu més amb pipa. Treballa, des de ben jove, en una caixa d'estalvis de la ciutat, i no ha pujat de categoria pràcticament des que hi va entrar.

L'Esteve Aymerich fa un parell d'anys que és el president de l'associació de veïns, ocupació a què dedica gairebé tot el temps lliure. Li agrada organitzar sidrals, especialment si es tracta de desacreditar, criticar o fotre algú que no li agrada.

L'altre dia la mare es va deixar una carta oberta sobre la taula del menjador. Ja sé que no vaig fer bé, però la vaig llegir. El contingut era força inquietant, i anava signada pel president de l'associació de veïns:

Estimats veïns,

El motiu d'aquesta carta és convocar-vos a una reunió urgent el proper divendres dia 17 a les 22h a la sala d'actes del centre cívic. El motiu de la reunió és de gran transcendència ja que tractarem sobre un tema que afecta la salut pública i el benestar del nostre poble.

Us prego que confirmeu l'assistència trucant als vocals, la Sra. Moreno –7844561–, o el Sr. Puigmartí –7845677–, els quals us podran donar més detalls sobre el contingut de la reunió.

Rebeu una cordial salutació,

Esteve Aymerich
President de l'Associació de Veïns

Estava sol a casa i vaig estirar-me, amb sabates i tot, al sofà per tal de rumiar quin seria el motiu de la reunió. Amb el que havia sentit a dir a l'oncle sobre el president de l'associació de veïns jo no esperava res de bo d'aquella trobada. Després de pensar-hi una estona vaig arribar a la conclusió que, molt probablement, aquella carta devia tenir relació amb el Roman.

Quina n'estarien preparant ?

Vaig caure en el detall que justament aquell dia era divendres, i que la reunió era aquell vespre. Era vital conèixer el que s'hi parlaria, i dels pares no me'n refiava gaire, i a l'oncle Enric, segur, però ben segur, que no li hauria arribat la carta; l'Aymerich no era tan beneit. Eren les cinc de la tarda, així que encara disposava d'una mica de temps per pensar què havia de fer. La Marina ja estava al corrent de tot l'enrenou en què, des de feia setmanes, estava ficat, i com que de vegades un de sol no sap si està actuant correctament o no, vaig pensar que no estaria de més embolicar-la també en tot això. El cert és que no m'aniria pas malament una còmplice intel·ligent amb la maduresa de la meva xicota. I de passada, així compartiria una cosa més amb ella i això també em seduïa. Sense pensar-m'ho dues vegades vaig prémer la tecla de la memòria del telèfon que corresponia al número de la Marina. Comunicaven! Vaja, ara que havia pres una decisió ferma i ràpida, el destí m'oferia més temps per repensar-ho. Necessitava parlar amb algú i vaig marcar el número de l'oncle Enric, però quan van sonar els primers senyals vaig penjar. Aquella no era la seva guerra i no em semblava gens bé enredar-l'hi ara també a ell.

Vaig rellegir la carta del president de l'associació de veïns. Hi havia dos números de telèfon: la Sra. Moreno era la fornera, i segur que em reconeixeria la veu. L'altre, el Sr. Puigmartí, només l'havia vist un parell de vegades. Deien que era un empresari que feia uns anys havia provocat un desfalc que Déu n'hi do, i va arribar al poble els anys vuitanta fugint de la gent que havia ensarronat. Sigui com sigui, vaig decidir trucar al Sr. Puigmartí, recolzant-me en allò de la carta que deia: «... us podran donar més detalls sobre el contingut de la reunió...»

Vaig trucar al 7845677, i em vaig posar un mocador entre l'auricular i la boca per simular la veu d'un adult. Va contestar una dona. Se sentien uns plors estridents com a música de fons, probablement sortien de la gola d'un marrec de pocs anys que donava la tabarra. Vaig dir el que havia planejat: que havia rebut la carta i que volia saber el contingut de la reunió a la qual se'm convocava. Més o menys la cosa va anar així:

–Bona tarda, el senyor Puigmartí, si us plau?

–Ara no hi és. Qui el demana?

–Sóc un membre de l'associació de veïns. Veurà... és que a casa hem rebut una carta sobre una reunió que avui al vespre se celebrarà al centre cívic, i si no és gaire molèstia voldria saber de què anirà la cosa.

–Una què...?

–Sí... una reunió que hi ha avui a les deu, que voldria saber de què va –vaig dir pujant el to de veu per si de cas els plors augmentaven de volum...

–Avui hi ha una reunió? Jo d'això no en sé res, és la primera notícia. Vols callar d'una vegada Aureli!! –això anava dirigit al nen ploraner, segurament–. Perdoni és que aquest nen acabarà tornant-me boja. A quina hora ha dit que era aquesta reunió?

–Al paper diu que a les deu de la nit –vaig respondre amb ganes d'acabar la conversa.

–Com que a les deu? Però si en Joan em va dir que avui sí que vindria a sopar...!

Ara no cridava pel nen, sinó pel mosqueig que suposo que devia tenir amb el tal Joan, és a dir amb el Sr. Puigmartí.

–Em sap greu senyora, potser m'he equivocat i no hi ha cap reunió avui a les deu –i vaig penjar immediatament sense donar opció a rèplica.

Merda! Les meves investigacions no podien anar pitjor.

Vaig tornar a trucar a la Marina. Que bé!, no comunicaven! Vaig tenir sort que ella va agafar el telèfon:

–Hola Marina, sóc l'Aitor.

–Hola Aitor. Com va tot? –segurament havia intuït que la trucada era especial, ja que només acostumem a trucar-nos de nit. Gairebé mai a mitja tarda.

–Ens hauríem de veure ara mateix –vaig dir amb un to imperatiu–. És força important.

–Ep, ep! Atura't un momentet –va tallar-me la Marina–. Per què ens hem de veure ara mateix? Per què no em fas cinc cèntims d'això tan important? Potser et creus que l'examen de mates que tinc demà i que ara estic estudiant no és important?

–Mira, ara no puc explicar-t'ho per telèfon. És sobre el Roman. Per cert, saps si a casa heu rebut una carta de l'associació de veïns sobre una reunió que hi ha aquesta nit?

–Doncs, que jo sàpiga no..., però ara que ho dius la mare m'ha dit que aquesta nit vindrien tard, que no els esperés a sopar. Havien d'anar a no sé què fer al centre cívic –va contestar la Marina, responent indirectament a la meva qüestió.

–Si vols que t'ho expliqui tot, vine a casa ara. Estic sol –això últim ho vaig dir amb un to insinuant, tot recordant l'última vegada que vam estar sols a casa.

Després d'uns segons de tensa espera, per fi la Marina va donar senyals de vida.

–Tres quarts i ja sóc aquí.

–Fins ara... Ah! me n'oblidava: porta vambes i un jersei ben gruixut –la vaig deixar amb el perquè a la boca, ja que li vaig penjar el telèfon.

El centre cívic era al bell mig del poble, a la plaça major. Tenia dues entrades. La del davant, per la mateixa plaça, era la de l'ajuntament. Al darrere hi havia un jardí, amb una font al mig que tenia una petita estàtua –semblant a la que hi ha a totes les fonts– d'una dona amb un paraigua. A l'estiu transformaven el jardí en un bar, hi posaven quatre taules i no tancaven fins ben entrada la nit. La veritat és que s'hi estava força bé. El jardí quedava encerclat per un mur de granit i ciment que el convertia en un lloc recollit, i tota aquella vegetació li donava un cert aire d'amagatall. L'entrada posterior quedava més oculta, i el reixat donava just a un carreró estret, a la part del darrere de la plaça.

La reixa del jardí era tancada, i el mur era massa alt per saltar. Eren tres quarts de deu, i feia un fred que pelava. L'única llum provenia dels fanals de la plaça i de la lluna en quart creixent que retallava la negror del cel. La Marina i jo, agafats de la mà i mirant alternativament a un cantó i a l'altre, amb l'esquena fregant el mur, semblàvem dos fugitius amagats per la foscor.

Entre els barrots del reixat vam distingir la claror de la glorieta, més enllà del jardí, on d'un moment a l'altre havia de començar la reunió. Allà dins s'endevinaven algunes siluetes humanes, però érem massa lluny per reconèixer-les.

El primer problema que se'ns presentava era com entrar al jardí i accedir a la glorieta. Només hi havia una solució: o saltar per damunt la reixa o per sobre el mur. Aquest era més alt, i tot de pedra, però el reixat tenia unes punxes rovellades que no ens feien gens de gràcia. La vorera era molt estreta, de menys de mig metre i hi havia alguns cotxes aparcats. Entre aquests hi havia la furgoneta de la peixateria, que té el sostre bastant alt. Només va caldre una mirada de complicitat per entendre'ns, la Marina i jo... Drets sobre la furgoneta podríem arribar a la part superior del mur; baixar-lo pel costat del jardí ja seria un altre problema. Vaig pujar jo primer, mentre la Marina vigilava des de baix. Enfilat al sostre de la camioneta arribava amb la punteta dels dits a la part superior del mur. Amb una ràpida flexió de braços vaig ser a dalt i vaig estudiar la situació per baixar; a uns deu metres d'on era jo, al costat del mur, hi havia un arbre. A les fosques em va semblar un roure. Des d'allà no seria gens difícil arrapar-se a alguna branca i baixar pel tronc al jardí. Vaig indicar a la Marina que pugés sobre el vehicle. En aquell moment vam sentir les veus d'algú que, per la banda del carrer venint de la plaça, s'acostava a la cantonada. Vaig estirar-me tan llarg com era al capdemunt del mur, però era massa estret i mig cos em va quedar penjant pel costat del jardí. La Marina va amagar-se darrere la furgoneta. Dos homes van passar per sota meu, no sé quina mena d'explicació els hauria donat si m'arriben a descobrir allà dalt.

Quan les veus ja sonaven lluny, la Marina va pujar amb gran agilitat sobre el vehicle i d'un saltiró va arribar a agafar-se al marge del mur. Vaig ajudar-la a acabar d'enfilar-se i li vaig indicar l'arbre. Havíem de fer d'equilibristes al llarg d'uns deu metres, i des d'allà baixaríem al jardí. La Marina va arribar a l'altura del roure amb menys dificultats que no pas jo. Des d'allà, amb l'ajut de l'arbre vam poder accedir al jardí.

Estava força descuidat i més que un jardí semblava una selva o un bosc encantat. La Marina només feia que dir: «que xulo, que xulo...» i és que a ella li agraden més els boscos que els jardins. Li vaig posar un dit als llavis perquè callés d'una vegada. Si ens descobrien allà, ningú no s'hauria empassat que estàvem fent una excursió nocturna de botànica.

A uns quinze metres d'on vam saltar hi havia una mena de pou. Ens hi vam amagar darrere. Des d'allà ja podíem veure amb més detall l'interior de la glorieta on estava a punt de començar la reunió. Des de fora se sentien confusament les veus de la gent, però no ens era possible interpretar el que deien. Ens havíem d'acostar més. La glorieta era circular, prou gran per donar cabuda a més de cinquanta persones assegudes. Es feia servir com a casal dels avis, com a bar, com a sala de reunions, cursos, concerts i conferències. La glorieta del centre cívic era un lloc que qualsevol persona del poble, per un motiu o per un altre, havia visitat alguna vegada. Recordo que l'hivern passat hi vam assistir, l'Aleix i jo, a un curs de socorrisme i primers auxilis.

La glorieta estava coberta per una teulada de pissarra i tot el seu perímetre estava format per amples finestres de vidre. Per sort nostre, el vidre no arribava fins a baix, i les finestres començaven més o menys a un metre de terra, de tal manera que ens podíem acostar fins a la glorieta i posar-nos just a sota les finestres. I així ho vam fer. La Marina va assenyalar una de les finestres situada molt a prop del pou on ens amagàvem, vam reptar com vam poder fins a la paret de la glorieta i vam quedar-nos asseguts, molt junts, aguantant la respiració, amb l'esquena recolzada a la paret esperant que algú ens digués «Què hi feu aquí, vosaltres?»

No se sentien veus parlant alhora, això volia dir que la reunió havia començat. Lentament vam anar pujant el cap, les finestres eren tancades, la llum de dins i la foscor de fora ens protegia de ser descoberts. El Sr. Aymerich estava dret, recolzant les dues mans, amb els dits estesos, sobre una de les taules del bar. Parlava, però no el sentíem. La sala en què s'havia convertit la glorieta estava plena de gom a gom. Hi havia gent que fins i tot no tenia cadira i s'estava dreta, recolzant-se als finestrals; una persona era a menys d'un parell de metres d'on nosaltres trèiem el nas. Estava d'esquena, però em va semblar que era en Rosendo, el farmacèutic. Al costat dels meus pares hi havia el Sr. Puigmartí –quina excusa li donaria aquesta nit a la seva dona?–, també asseguda a prop d'ells hi havia la Rosario, evidentment amb el seu abric de color carabassa. Unes cadires més enllà seien els pares de la Marina, em va fer la impressió que la mare de la Marina estava més atenta al que feien els meus pares que no pas al que en aquells moments deia el president de l'associació de veïns. Vaig agafar la mà de la Marina fent-li entendre que s'ajupís:

–Des d'aquí no lliguem res. Hem de canviar de posició –vaig dir-li a l'orella per si se li acudia alguna idea.

–He vist el senyor Ribalta, aquell de l'estanc que no pot estar ni un minut sense fumar, m'ha semblat veure que allà on és ell la finestra és una mica oberta. És just a l'altre cantó de la glorieta. Des d'allà potser sentirem el que diuen –va dir la Marina.

Per què deu ser que les dones sempre solen ser més bones observadores que nosaltres? El cert és que aquell manso d'en Ribalta, gràcies al fet que fumava com una xemeneia, ens oferia una bona oportunitat per sentir les paraules del Sr. Aymerich. Ajupits vam recórrer la paret seguint el perímetre de la glorieta fins on hi havia la finestra. En sortia una mica de fum. Érem just on havia dit la Marina.

Agafats de la mà vam incorporar-nos només tant com calia per poder sentir i veure alguna cosa. En Ribalta era molt a prop, gairebé a tocar. Vam aguantar la respiració per escoltar millor.

–...així doncs, com veieu, vull dir, la cosa és seriosa. Tenim una amenaça ben a prop, aquí al poble, que cal tallar amb rapidesa i eficàcia. És un perill per a tothom, per als nostres fills, per a les persones que, sense saber-ho, vull dir, vagin tranquil·lament a aquell bar... i pensar que fa dues setmanes jo mateix vaig estar prenent unes tapes allà!... També és un gran perill, vull dir, per als nois de l'equip que entrena aquest individu... Però sobretot, vull dir, és un desprestigi per al nostre poble, que sempre s'ha caracteritzat per tenir persones com Déu mana...

En sentir tot això vaig prémer amb força la mà de la Marina, tot i que ella tampoc no es quedava curta. En aquell instant algú li va dir a en Ribalta que tanqués la finestra, que feia massa fred, però per sort nostra algú altre, amb un to més enèrgic que el primer, va dir que era millor passar fred que empassar-se tot aquell fum.

L'Aymerich seguia parlant:

–...vull dir, per tant, que ara que sabeu com estan les coses hem de pensar què farem. Hem de pensar, vull dir, en els nostres fills i en el futur del poble més que no pas en nosaltres mateixos.

El malparit ara donava lliçons d'ètica. Mentre jo pensava això, hi va haver un silenci bastant llarg a la glorieta. Vaig aprofitar per mirar els pares, al pare no podia veure-li la cara –encara que la hi hagués vist no hauria endevinat el que pensava– però a la mare sí que la veia, i la seva cara tenia una expressió que podia explicar-se en una sola paraula: por.

Sorpresa i por era el que es podia llegir més a les cares de les persones que, assegudes o dretes, eren a la reunió. L'Aymerich, en canvi, semblava passar-s'ho bé amb la situació. El silenci aviat es va convertir en xiuxiueig, i més tard tothom parlava neguitosament amb les persones que tenia al costat.

–Una mica d'ordre, si us plau! –va dir la vocal de l'associació, la Sra. Moreno, amb la veu de xiulet que la caracteritzava.

Quan els ànims s'havien calmat, el Sr. President va reprendre la paraula:

–Aquests són els fets, ara m'agradaria saber la vostra opinió. Podem obrir, vull dir, un torn de paraules.

El pare d'en Marc es va aixecar per parlar:

–Com és que no hi és el Dr. Escofet? Potser ell ens podria parlar de quins són els perills que veritablement correm... El meu fill fa uns dies em va comentar que corria el rumor que aquest home, el Roman, estava molt malalt, i que potser tenia la sida. Però no ho sé... crec que hauríem d'escoltar algun expert.

–Experts? Experts de què? Què saben ells de com s'agafa la malaltia? Potser permetrien aquests experts que la filla d'aquest degenerat anés a l'escola amb els seus fills? O menjar del plat que ell ha cuinat? Jo no vull sentir aquests experts! –va dir una dona molt enfadada.

–Hi és el Dr. Escofet a la sala? –va preguntar l'Aymerich sabent molt bé que no respondria ningú.

Es va fer un silenci expectant.

–I tu Rosendo, què n'opines de tot això? Tu que ets el farmacèutic deus tenir força informació, no? –va dir una de les dones de la primera fila.

En Rosendo, que no s'ho esperava, va dir que tan aviat com ho havia sabut ho havia comunicat a les autoritats competents –quan va dir això va mirar l'Esteve Aymerich, buscant la seva aprovació–. Però després va afegir:

–És clar que hem d'anar en compte, però de tota manera crec que no correm tan perill com sembla...

No el van deixar acabar, perquè llavors la Rosario va saltar com una fura.

–Quin marro! Això sí que són interessos creats. Quant deuen costar les porqueries que pren aquest individu? Segur que són un bon ingrés per a la farmàcia, no? –la bibliotecària va mostrar una vegada més la seva mala llet.

–Senyora! Si us plau! –és l'única cosa que se li va ocórrer dir al farmacèutic.

Es va crear un silenci incòmode, que ningú no semblava atrevir-se a trencar. Aprofitant aquella pausa l'Esteve Aymerich va reprendre la paraula aixecant-se amb solemnitat.

–Vull dir, sembla que la solució és difícil i delicada. Per una banda tenim el perill que representa que el bar segueixi obert i, vull dir, que aquest individu continuï entrenant l'equip dels nostres fills. Per una altra banda tenim el perill potencial que suposa la nena per als altres nens i nenes de la seva classe, i qui sap si de l'escola en general. I tot això sense oblidar el que representa, vull dir, per al poble el fet que hi hagi una persona així. Cal ser pràctic i prendre una decisió. Jo tinc una proposta molt concreta.

Aquest tipus era especialista a posar la por al cos. L'expectació, en aquests moments, era tan gran que era impossible que ens descobrissin. I això que teníem gairebé tot el cap ficat dins la glorieta, ara convertida en sala de reunió.

En aquell moment vam sentir un soroll darrere nostre. El cor em va fer un salt. I gairebé no m'atrevia ni a girar-me. La Marina devia estar igual, perquè també es va quedar quieta, mirant-me de reüll.

Vaig girar-me lentament, preparat per rebre una bona bronca. Darrere nostre, estirant el coll com per veure a través nostre el que succeïa dins la glorieta, hi havia un immens gat negre. El ulls, brillants, destacaven en la foscor. Passava absolutament de nosaltres i només li interessaven les coses de dins la glorieta.

Vam sentir un «vull dir». El Sr. Aymerich havia començat novament a parlar:

–Proposo una recollida de diners. Una col·lecta on cada veí posi bonament la seva voluntat, vull dir, segons les seves possibilitats, d'una manera totalment anònima, per tal que el Roman i la seva família, vull dir, marxin del poble. Crearíem aquest fons perquè no se n'anessin amb les butxaques buides. Tampoc, vull dir, no es tracta de fotre'ls fora així per les bones... De fet seria com una mena d'indemnització, millor dit, una mena d'acció humanitària convenient pel bé de tots.

El més fort és que el que deia semblava creure-ho. Jo anava mirant les expressions de la gent i tothom semblava estar-hi d'acord, hi havia un munt de persones que, mentre l'Aymerich parlava, feien que sí amb el cap...

–Us donaré un número de compte per a tots

aquells que vulgueu fer la vostra aportació, insisteixo, voluntària. Feu córrer la veu, si us plau... I si algú té una proposta millor que ens ho faci saber...

El malparit ho tenia tot ben planejat, fins i tot va treure un paper on devia tenir apuntat el número del compte corrent, que, naturalment, era de l'agència de la caixa d'estalvis on ell treballava.

El meu desànim era tan gran que em vaig girar i em vaig deixar caure lentament amb l'esquena fregant la paret de la glorieta. Mentrestant, la Marina encara treia el nas i escoltava. Seguia agafat a la seva mà, però jo ja no l'estrenyia. El meu cap estava massa confós per raonar amb coherència. Ja no sabia què estava bé i què estava malament, em sentia just com si estigués a la frontera que separa el bé del mal.

Vaig tornar a la realitat i vaig sentir l'Aymerich que deia:

–Repeteixo les tres xifres finals per si algú, vull dir, no n'ha pres nota: tres, quatre, set. Nosaltres ja ens encarregarem d'aconseguir aportacions per part d'alguns comerços, així com de les dues o tres empreses alimentàries del poble. A ells més que a ningú els interessa que això no se sàpiga fora d'aquí. Com menys publicitat, vull dir, es faci de tot això i més ràpidament es resolgui, molt millor per a tothom.

Semblava que la reunió s'havia acabat perquè tothom començava a aixecar-se.

Ara era un moment delicat. La reunió havia conclòs i hi havia la possibilitat que algú decidís sortir al jardí per no seguir respirant l'aire viciat de dins. Vam decidir no donar-los gaire temps per atrapar-nos. Vam córrer tan ajupits com vam poder fins on era l'arbre. Allà, amagats darrere el roure, estàvem molt més segurs. Tant la Marina com jo havíem de tornar ràpid a casa, per tal d'arribar abans que els nostres pares, tret que estiguéssim disposats a aguantar un intens interrogatori. Vaig fer un moviment brusc per pujar a una de les branques i raaas: vam sentir com la tela dels meus texans s'estripava just a l'entrecuix. Així, amb el meu entrecuix airejat vam enfilar cadascú cap a casa seva. No vam dirigir-nos la paraula durant tot el trajecte fins que ens vam separar. Ens vam dir adéu amb un petó una mica massa curt pel meu gust.

–No deixis que tot això que ha passat aquesta nit et distregui de l'examen de demà –vaig dir-li amb ironia.

–Ep, Aitor –va dir la Marina afagant-me la cara amb les dues mans–, jo no en tinc la culpa.

–Tens raó, perdona'm... –vaig disculpar-me–. És que tot el que acabo de veure i sentir és molt fort, saps?

–Bona nit, Aitor...

Capítol XI

El xec

Són les vuit del vespre i ens envolta la foscor més absoluta.

La Marina i jo estem asseguts a les escales de l'entrada del poliesportiu desitjant que aviat arribin els altres, i que aquestes ombres fantasmagòriques dels pollancres deixin de ser la nostra única companyia.

Em penso que hem perdut. Tots dos pensem el mateix, però no ens diem res. No parem d'obrir solcs en l'aire amb el baf del nostre alè. Sentim que la fredor de la nit se'ns arrapa al cos, però no és això el que ens fa encongir el cor, sinó el fet de saber el que creiem que passarà d'aquí una estona.

Pensar que fa només uns mesos les meves preocupacions eren tan diferents: la Marina, la nostra lliga d'handbol, aprovar aquest curs...

Així, a les fosques, em miro la Marina, i la veig en la penombra, envoltada de misteri. Està preciosa. El seu perfil mai no m'havia semblat tan serè. Porta els cabells recollits amb una cua que s'esmuny entre les solapes apujades de la gavardina. No he pogut aguantar l'impuls d'acariciar-los amb la punta dels dits.

Sembla increïble les coses que han passat en tan poc temps i els canvis que he fet en la meva manera de veure les coses.

Com hem canviat tots plegats!

Vam sentir el lladruc llunyà d'un gos d'una de les cases que hi ha als afores del poble. S'hi van afegir un, dos gossos més. De fet aquesta és una situació típica del nostre poble quan es fa fosc. Un d'ells em semblà familiar. Sí, no hi ha dubte, era l'Otto, el gos de l'oncle Enric. Això volia dir que ell tampoc no havia faltat a la cita.

L'Otto, l'oncle Enric i una figura femenina venien pujant la rampa cap on érem nosaltres.

–Quina nit més fosca nois –va dir l'oncle mentre l'Otto començava a llepar-me les mans i movia la cua frenèticament.

–Hola! –vaig dir jo dirigint la mirada cap a la dona, de la qual només vèiem la silueta a contrallum.

–Una mica de fred avui, eh? –vaig reconeixer la veu de la Lídia, i no vaig poder evitar que el meu cor fes una petita accelerada.

La Lídia i l'oncle van seure a la fila de graons just sota nostre. L'oncle va treure la vella pipa d'una butxaca de l'abric i va omplir-la de tabac.

–Sabeu si ha de venir algú més? –va dir l'oncle mentre tractava d'encendre la pipa.

–Espero que sí. L'Adrià, el Marc i l'Aleix... –va dir la Marina amb una veueta, com si no volgués que l'escoltessin.

L'Otto va canviar l'escalfor de les meves cames per les de la Marina, on es va arrupir mentre la noia li gratava el clatell. De sobte l'Otto va sortir disparat d'entre les cames de la Marina cap a la baixada, bordant. Per allà s'acostaven tres figures. Eren l'Adrià, el Marc i l'Aleix. L'Otto, amb aquest instint que tenen els gossos de reconèixer qui té por, va escollir el Marc per martiritzar-lo una mica.

–No tinguis por que no mossega! –va cridar l'oncle Enric des d'on érem asseguts.

El Marc, que no ho veia gaire clar, recuperà la compostura, mentre l'Aleix i l'Adrià es reien d'ell.

–Crec que ja hi som tots –vaig dir després de posar-me dret.

Ens dirigíem cap al bar del Roman. Jo l'havia trucat al migdia dient-li que hi aniríem al vespre, cap a les nou. Va ser en Rosendo, el farmacèutic, qui va avisar l'oncle Enric sobre el que s'estava preparant. Potser l'home se sentia una mica culpable de tot el que estava succeint.

Els carrers eren gairebé deserts, era a ple hivern i a aquesta hora tothom ja s'havia tancat a casa. Vam passar per la plaça major. Un roure vell i ferm sobresortia del jardí del centre cívic, just darrere l'ajuntament. La Marina i jo el coneixíem molt bé, aquell roure. Mentre caminàvem vaig agafar-li la mà fent-li veure el roure amb un gest. Ella em va somriure, però ràpidament desvià la mirada, tot recuperant un posat seriós.

Vam arribar puntualment al bar. La porta era ajustada, no hi havia cap client a dins. El Roman i la Carme ocupaven una de les taules i tenien al davant un cafè que encara fumejava. La Carme es va aixecar per rebre'ns, ens va dir si volíem prendre alguna cosa calenta. Al bar feia fred, la calefacció estava apagada.

–On és la Laura? M'agradaria dir-li hola –va dir la Lídia.

–Acabo de posar-la al llit, no sabíem que tu també vindries aquesta nit –va dir el Roman.

L'Otto va fer un breu lladruc i es dirigí cap a la porta. Entre els vidres vam poder distingir com, emparades per la foscor de la nit, tres figures creuaven el carrer. Venien directament cap al bar.

Vaig notar com el cor em feia un salt i em venia una sensació d'acalorament. Havia arribat l'hora de la veritat.

El Roman i la Carme van tornar-se a aixecar per rebre els nouvinguts. Al costat de la porta, ja dins del bar, hi havia el Sr. Aymerich, president de l'associació de veïns, la Sra. Moreno, la vocal, i l'alcalde, el Sr. Roig.

L'Aymerich va deixar sobre una taula el barret que li tapava la calba, i va treure's lentament els guants mentre ens mirava amb menyspreu –em va recordar una pel·lícula de l'oest, ara no en recordo el nom–. Va treure's de la butxaca el xec de tres-cents mil duros, mostrant-lo com un estendard. Va quedar-se a un metre d'on era el Roman. Va deixar el xec sobre la taula –suposo que devia ser de la por que tenia de donar-l'hi a la mà– i va dir:

–Sr. Palacios, no m'agrada gens el que li haig de dir, però la major part del poble... desitja que vostè i la seva família canviïn d'aires. Per això hem recollit diners entre tots... –això últim ho va recalcar pujant el to de veu, i assenyalant el xec va continuar parlant–, aquí hi ha prou diners per tirar endavant, això és, molts més dels que podria guanyar en un any tal com li van ara les coses. Aprofiti aquesta oportunitat, vull dir..., ara que pot. Si no accepta el xec, tard o d'hora haurà de marxar, si és a les bones, millor que millor.

Ara l'estava amenaçant.

Tots havíem escoltat això últim. Ens vam posar al costat del Roman i la seva dona. La Lídia va avançar fins a la taula i va agafar el xec, l'Aymerich va iniciar un moviment cap a ella amb no gaire bones intencions, però l'oncle Enric es va avançar i va plantar-seli davant, amb una cara que jo no li havia vist mai. Mentrestant, jo, ajupit, agafava pel coll l'Otto, que ja ensenyava les dents. Vaig calmar-lo fent-li un massatge suau al clatell.

La Lídia va mirar-se el xec que sostenia amb una mà com si es tractés d'un moc repugnant.

–No tothom pensa que això sigui necessari –va dir amb una veu serena i clara, mirant directament a la cara de l'Aymerich.

–Doncs no es pot ni imaginar la gent que ha col·laborat amb les seves aportacions –va replicar amb sarcasme el president de l'associació de veïns.

–N'hi ha molts que no hi hem posat ni un duro. Creiem que no existeix cap motiu pel qual el Roman hagi de marxar. És que encara no sabeu que no representen cap perill per a ningú ni ell ni la Laura? –la Lídia va acabar aquesta frase mirant directament l'alcalde, que va desviar la mirada.

El Sr. Roig, l'alcalde, era un home que ara feia honor al seu nom: estava vermell com un tomàquet, la qual cosa ressaltava encara més amb el color blanc dels seus cabells.

L'alcalde va buscar aixopluc en la mirada del Dr. Escofet, però aquest ni tan sols no se'l mirava.

–No us adoneu del mal que hem fet a aquestes persones? –va dir amb fermesa la Lídia mentre mirava fugaçment cap a on eren el Roman i la Carme–. Hem arruïnat el seu negoci amb les nostres pors i misèries. Ens hem ficat a la seva vida d'una manera que no es pot fer. Amb la nostra actitud hem fet mal a la seva filla. I a més a més ara els volem fotre fora.

Com que ningú no deia res, la Lídia va continuar:

–Sens dubte aquest xec pot fer millorar la seva situació... –l'Aymerich va fer una ganyota de contrarietat, buscant l'assentiment dels seus acompanyants. La Lídia no va donar temps a rèpliques i va continuar parlant–. Per tant jo proposo que el Roman i la Carme acceptin aquests diners com a compensació dels danys i perjudicis que els hem causat entre tots. Però a canvi de quedar-se al poble. Ell és un dels nostres veïns, la seva família és una més. I qualsevol de nosaltres podria trobar-se en la seva situació.

–Això sí que no, no és com nosaltres..., ningú de nosaltres podria agafar això que té aquest individu... Vés a saber el que deu haver fet... –va començar a dir l'Aymerich amb mala llet.

–Ah no? –el va tallar la Lídia–. Cap dels que som aquí li pot retreure res al Roman. Sap què li dic? –va continuar la Lídia sense donar opció a resposta–: que és un ignorant. Vostè és dels que encara creuen que la sida només la tenen les prostitutes, els homosexuals, els drogoaddictes, o els «individus» com el Roman.

El president de l'associació de veïns va buscar aliats per defensar-se. Va descartar la senyora Moreno i va dirigir una mirada de complicitat al Sr. Roig, però a aquest li va fer la impressió que ja s'havia mullat prou.

–Tinc entès que vostè no hi viu, al poble... No és ni veïna nostra –va dir l'Aymerich.

–No hi viu, però hi treballa! –vaig dir jo amb un to que no admetia rèpliques.

El president de l'associació em va fulminar amb la mirada.

–És que no ho entenen? –va tornar a dir la Lídia, aquesta vegada més a prop i amb un to més suau–, la sida és una infecció que qualsevol de nosaltres pot contreure, el virus que la causa no fa diferències... –va fer una petita pausa i continuà–. Realment esperarien un xec dels seus veïns? Esperarien intolerància i rebuig fins i tot envers un infant?

Això sí que era una càrrega a la línia de flotació. El Sr. Roig estava més roig que mai i s'adonava de l'er-rada que havia comès en deixar-se ensarronar. L'Aymerich, que era bastant més cínic, ſeia que no amb el cap.

Vaig veure com la Lídia i l'oncle intercanviaven una mirada ràpida de complicitat. L'oncle somreia i es tocava el mostatxo.

La Sra. Moreno, la vocal de l'associació que encara no havia dit res, no sabia on ficar-se. Jo crec que, si hagués trobat una excusa raonable, de bona gana hauria fotut el camp en aquell mateix moment.

L'Aymerich va voler dir alguna cosa, però la mirada de la Lídia el va fer callar.

La mestra va acostar-se al Roman i li va donar el xec. El Roman no el va ni mirar. El sostenia pels extrems amb les dues mans caigudes.

Va mirar la Carme. Per uns instants les dues mirades van quedar com encantades. De reüll jo vaig fitar la Marina que no es perdia ni un detall del que passava.

La Carme va fer que sí amb el cap sense deixar de mirar el Roman i aquest va estripar el xec en trossets molt petits. Va acostar-se al Sr. Aymerich, que, vermell d'ira i de vergonya, mirava els trossets del xec que el Roman portava a la mà.

El Roman, molt a prop de l'Aymerich, va estendre la mà per donar-li les restes del xec. Com que el president de l'associació no va fer cap gest per agafarlo, el Roman li va apartar amb suavitat la solapa de l'abric i li va posar lentament els trossets de xec a la butxaca de la camisa, a la pitrera esquerra. L'Aymerich, que no esperava que el Roman el toqués, va fer un pas enrera aterrat, en aquell moment van caure dos trossos de paper dels que el Roman li estava posant a la butxaca.

–No acceptem aquests diners, ni per marxar ni per quedar-nos. La meva família i jo seguirem vivint al poble... és el nostre lloc i ningú no podrà evitar que ens quedem.

Va oblidar-se completament de l'Aymerich i ens va dedicar un somriure, d'aquells que ens feia als nois de l'equip després d'un bon partit...

–No sé què dir-vos. No ens esperàvem que algú ens pogués fer costat així –va dir-nos el Roman, i a l'acte es va quedar sense paraules, amb els ulls vidriosos.

Jo crec que se li va fer un nus a la gola, un nus d'aquells que necessites una bona estona per desfer-lo.

El Sr. Aymerich i els seus acompanyants varen marxar del bar esperitats, però podíem escoltar-ne les veus enfurismades ressonant pel carrer: «Això no quedarà així!, això no quedarà així!»

Tots sabíem que sota aquesta retirada orgullosa que clamava venjança, s'amagava una fugida vergonyosa. D'alguna manera, els que ens havíem quedat dins el bar sabíem que havíem guanyat la batalla plegats, i jo, més que ningú, em sentia molt cofoi per haver fet costat al meu entrenador.

La seva malaltia encara m'inspirava respecte i por, però no la suficient com per anul·lar la meva voluntat i, sobretot, la meva capacitat d'estimar.

En aquell precís moment en què tothom s'abraçava i felicitava el Roman, jo no entenia aquell esclat de felicitat. Sabia que el meu entrenador s'estava enfrontant a una cosa pitjor que una associació de veïns o el rebuig d'uns adolescents atemorits. Però també m'adonava que mentre la vida continués, calia que el Roman lluités amb totes les seves forces per conquerir petites batalles com la d'avui.

Mentre l'abraçava per primera vegada d'ençà que m'havia assabentat de tot, vaig comprendre que la dignitat, l'empenta i l'afecte dels éssers estimats eren els valors més importants que donaven sentit a l'existència.

Epíleg

Hola! Torno a ser jo, l'Aitor.

Mentre llegies aquest relat el temps ha anat passant amb la mateixa facilitat que tu t'empassaves els fulls. Han passat quatre anys des que va succeir tot el que t'he explicat.

Ara els fets em semblen diluïts i llunyans, però no és el temps qui els canvia, sinó la nostra manera d'interpretar-los. Quan et fas gran recordes les veus, les imatges i les olors com si les estiguessis vivint novament, però en fas, potser, una interpretació diferent. En això sí que m'ha ajudat una mica el pas del temps, perquè ara comprenc el que abans no entenia, i puc reflexionar amb l'ajut que em dóna la distància.

Penso que reconèixer els errors està bé i veig que potser no vaig actuar com calia davant d'un conflicte que m'anava realment gran. De fet, llavors només tenia disset anys, però ara em sento bé, amb la satisfacció que et dóna tenir certs records...

Potser m'estic enrotllant massa i el que realment t'interessa és saber com van seguir les coses quan vaig posar punt i final al relat. No et faré patir més.

Veuràs com ara les coses són força diferents.

Vaig seguir entrenant fins que, després d'acabar l'institut, vaig entrar a la facultat. Llavors vaig haver de deixar-ho perquè la feina de la universitat m'absorvia completament.

Els quatre genets de l'Apocalipsi, l'Aleix, l'Adrià, el Marc i un servidor encara ens continuem veient, però tot és una mica més complicat perquè cadascú té la seva feina, els seus estudis i la seva xicota.

L'únic que ha continuat dedicant-se a l'handbol és el Marc, ja us ho deia jo que aquest era una figura... De fet, a més de seguir jugant amb l'equip dels grans, ara entrena l'equip infantil del poble.

A l'oncle Enric la vida li va fer un tomb. Jo sempre havia imaginat que l'oncle envelliria sol entre els seus llibres, els estris de metge i el seu estimat Otto. Però el cas és que la Lídia es va escolar a la seva vida just quan tota aquesta història del Roman va esclatar, i va saber-se fer un lloc entre ell i el vell Otto. Qui ho havia de dir!

L'oncle finalment va acceptar l'oferta que li feia una clínica de la ciutat per anar-hi a treballar i ara només ve al poble un parell de tardes per setmana, on manté la seva consulta de sempre.

Jo he guardat sempre un lligam estret amb l'oncle i la Lídia. Amb el temps he après a observar les persones sense que aquestes se n'adonin... –o almenys això crec–, però et puc assegurar que quan els faig una visita, ella sempre m'enxampa mirant-la com un babau mentre serveix el cafè.

Ja sé que sóc grandet, però... No t'ha passat mai, a tu, això d'enamorar-te perdudament de la teva profe o d'algú més gran?

La Lídia va decidir, fa un parell d'anys, traslladar-se a una altra escola, canviar d'aires. Fa poc em va explicar que hi havia persones, a l'escola i al poble, que ja no les podia seguir mirant igual després de tot el que va passar.

No t'ho creuràs però la Marina i jo seguim junts!

Vam seguir sortint durant molt de temps i fins i tot vam tenir la sort d'entrar a la mateixa facultat. Però en un cert moment ens ho vam repensar i vam acordar deixar la nostra història per un temps.

Fou dur, però ben mirat ens va anar bé per conèixer altra gent i per mirar les coses des de lluny. Ara, només fa sis mesos que la Marina i jo tornem a sortir. La cosa és ben diferent perquè tots dos hem crescut i també ens coneixem millor a nosaltres mateixos. La relació que estem establint és molt maca, però també més complicada. Allò que s'acostuma a dir: malgrat tot, jo segueixo tan enamorat com sempre...

I ara ve quan t'explico allò que tant t'interessa saber: què se'n va fer del Roman i de la seva família.

M'ho he reservat pel final perquè sempre m'ha semblat que el principi o el final d'una història són el millor lloc per explicar allò que creus que és més important.

Aquesta no era pas la meva història, sinó la història del Roman i de tota la gent que l'envoltàvem. Era la història de tots, i de les coses que vam fer per fer-li costat i també d'aquelles que no el van ajudar gaire.

El Roman i la seva família van quedar-se finalment a viure al poble. Fou una decisió important i costosa d'assumir. Res no va ser fàcil a partir de llavors, de fet, res no ho havia estat d'ençà que van començar a manifestar-se-li els símptomes de la malaltia.

Per un temps va semblar que la gent guardava silenci i els ànims s'anaven calmant una mica, fins i tot la Laura va poder anar a l'escola amb una certa tranquil·litat, encara que van seguir produint-se discriminacions per part d'alguns pares i mares. Alguns van canviar els fills d'escola i d'altres van seguir fent pressió perquè la Laura fos traslladada a un altre centre.

L'evolució de la malaltia del Roman no es va aturar malgrat tot, i en els següents mesos, després de l'episodi del xec, va contraure un parell d'infeccions que li van deteriorar la salut, encara que no les ganes de lluitar i de viure.

Va continuar entrenant-nos, però ell mateix va encarregar-se de buscar una persona de confiança que el pogués substituir. El vèiem sovint pel poble i, si volíem anar a fer petar la xerrada amb ell, ens deixàvem caure pel seu bar. Alguna vegada el Roman, l'oncle, la Lídia, la Marina i jo vam anar a la ciutat. Ens agradava molt passejar, especialment per les amples avingudes, al vespre, quan començava a fer-se fosc.

El Roman va morir ara fa un any, és a dir, tres anys després que comencessin els primers símptomes de la malaltia. Els metges no van poder fer res per aturar aquella pneumònia que juntament amb les infeccions intestinals van presentar-se sobtadament l'estiu passat.

Curiosament la seva mort va representar un canvi important, especialment pel que fa a l'actitud de molta gent.

Tot ha anat tornant al seu lloc. El negoci que van muntar la Carme i ell, per exemple. Ara du el bar ella sola, i sembla que se'n surt força bé. És una dona forta i segur que sabrà refer la seva vida. La Laura és una nena preciosa, a punt de fer vuit anys, la seva situació a l'escola és absolutament normal, ja sembla que tothom ha oblidat el que va passar, i jo crec que ella, afortunadament, també.

Fa un parell d'anys vaig conèixer a la facultat la Clàudia i el Robert, una parella amb la qual sortim sovint la Marina i jo. Tant ell com ella són persones seropositives, i no hi ha cap diferència amb altres companys amb els quals estudiem. Fan esport, excursions, es diverteixen i no s'estan de res. Tots dos han estat tractats des de fa anys amb combinacions de fàrmacs que els permeten dur un estil de vida força normal. Alguna vegada hem parlat del tema i a mi m'agrada molt veure les ganes de viure que tenen i l'esperança de guarir-se.

Em sap greu no haver-te pogut contar un relat amb un final feliç, però l'autèntica protagonista d'aquest relat, la sida, de vegades marca per si sola els esdeveniments. La meva feina ha consistit a explicar els fets i, sobretot, a fer-te veure com el pes de la por, i també la ignorància, van marcar, i per desgràcia continuen marcant en molts llocs, el comportament de moltes persones.

El Roman va influir en les nostres vides, tant en la dels qui érem amics seus com en la d'aquells que només el coneixien. El que li va passar va ser com una mena de prova de foc per a tots. Una part d'ell continua vivint una miqueta en tots nosaltres, per sempre.

Recorda que ni tan sols jo existeixo, però tal com et vaig escriure en el primer full d'aquest relat: «Qualsevol dia tu podries viure una història com aquesta.»

Aitor

NOTA DELS AUTORS:

La ciència mèdica i la biotecnologia han progressat d'una manera espectacular en pocs anys i això ha contribuït a un millor coneixement del VIH i del seu mecanisme d'infecció. Ara per ara, es disposa de tractaments pal·liatius, amb fàrmacs que milloren significativament l'esperança i la qualitat de vida de les persones infectades. Tampoc no sembla tan llunyana l'obtenció d'una vacuna eficaç.

És possible que, gràcies a les campanyes institucionals i el treball a les escoles, l'actitud a nivell individual i col·lectiu envers els seropositius i els malalts de sida també hagi canviat, així com les conductes de risc d'infecció. No obstant això, continua existint aquell instint, irracional i infundat, aquell *pes* que produeix la *por* del qual resulta tan difícil alliberar-se.

Índex

Aquest llibre s'ha acabat d'imprimir el mes de setembre de 1998 als tallers Unigraf, S. L., Móstoles (Madrid). Tant a l'interior com a la coberta, s'hi ha utilitzat paper 100% reciclat.